KB114617

용병들의 대지
Road of
Mercenaries

용병들의 대지 4

이모탈 퓨전 판타지 소설

초판 1쇄 찍은 날 § 2016년 9월 22일
초판 1쇄 펴낸 날 § 2016년 9월 29일

지은이 § 이모탈
펴낸이 § 서경석

편집책임 § 배경근

펴낸곳 § 도서출판 청어람
등록번호 § 제387-1999-000006호
등록일자 § 1999. 5. 31
어람번호 § 제1-2528호

주소 § 경기도 부천시 원미구 부일로 483번길 40 서경B/D 3F (우) 14640
전화 § 032-656-4452 팩스 § 032-656-4453
http://www.chungeoram.com
E-mail § chungeorambook@daum.net

ISBN 979-11-04-90977-1 04810
ISBN 979-11-04-90905-4 (세트)

이모탈 퓨전 판타지 소설
FUSION FANTASTIC STORY

용병들의 대지
Road of Mercenaries

4

도서출판
청어람

용병들의 대지
Road of
Mercenaries

CONTENTS

CHAPTER 1
시작

　칼뤼베이우스 가문의 제8철좌이자 철기대 대주인 헨리 루카스의 명을 받은 픽턴 3조장과 게이시 4조장은 곧바로 움직였다. 명령을 받은 이상 스톰시티의 방어는 그리 큰 신경을 쓰지 않아도 되었다.

　기존의 스톰시티 자경단에게 방어를 맡기고 그 자경단을 관리할 인원 몇 명이면 될 것이다.

　그 이유는 바로 곧바로 철기대가 스톰시티로 진격해 올 것이기 때문이다.

　'곧바로 이동하라는 말은 곧 마지막 전투가 시작된다는 말

이겠지.'

그들은 그렇게 생각했다. 사실 상당히 오랫동안 지루한 대치 상태였다. 철기대주는 스톰시티를 점령한 이후 왜인지는 모르지만 꼼짝하지 않고 스톰시티를 지켰다. 북의 타베스 산과 남의 티말 산을 가로지르는 우르스 강만 건너면 플랑드르 전역을 손에 넣을 수 있는데도 말이다.

이유나 원인 따위의 의심은 전혀 없었다. 있다면 철기대주의 명을 실행하는 것뿐. 한편, 명령을 내린 철기대주 헨리 루카스는 빠르게 명령을 내리고 있었다.

"지금 즉시 스톰시티로 이동한다."

"명."

그의 부관이 명령을 받고 집무실을 나간 후, 그곳엔 철기대의 참모를 맡고 있는 알렉스 기드윈과 철기대주만이 남아 있었다.

"9조와의 연락이 끊어졌다는군."

"이상하군요."

"확실히 이상하지?"

"그렇습니다. 맥고윈 9조장은 통신 대기에 철저한 사람입니다. 그러한 사람이 통신이 두절되었다면 필시 우리가 불안해하는 그 일이 일어났을 수도 있습니다."

"적에게 당했다?"

"그렇습니다."

"철기대를 구성하는 열 명의 조장 중 한 명이?"

"상대는 플람베르 가문입니다."

"흐음, 인정할 수 없군."

"인정하셔야 합니다."

"인정? 인정이라……. 그런데 왜 하필 지금이지? 지금까지 조용했잖아. 미리 협약한 대로 말이지."

"단순한 협약이지 않습니까? 문서를 남긴 것도 아니고 약조를 한 것도 아니고 말입니다. 그 말은 언제든지 그 협약을 뒤엎을 수 있다는 말입니다."

"신의는?"

"신의를 어긴 것은 우리 쪽이 먼저입니다."

"크흠."

루카스 철기대주는 불편한 소리를 냈다. 기드윈의 말이 전혀 틀린 말은 아니었기 때문이다. 플람베르 가문이 오랫동안 플랑드르를 실질적으로 지배해 왔음에도 불구하고 그들을 인정하지 않고 세력 확장을 위해 먼저 공격한 것은 바로 칼뤼베이우스 가문이었기 때문이다.

"그래서 그동안 어떠한 사정 때문에 지금의 상황을 두고 보다 이제 정신을 차렸다?"

"그건 아닐 겁니다."

"아니면?"

"듣기로 이번에 플람베르 가문의 대공자가 돌아왔다고 하더 군요."

"아! 하면?"

"그렇습니다. 그를 제거할 목적이겠지요."

"그렇군. 그런데……."

여전히 미심쩍었다. 자신이라면 정적을 제거하기 위해서 정 예를 내주는 일은 없었을 것이다. 자신의 세력을 내줄 이유가 전혀 없었다. 게다가 현재 플람베르 가문의 가주는 와병 중에 있어 가병을 대공자에게 내어줄 수 없는 상황이다.

그렇게 본다면 현재 대공자가 이끌고 온 병력이 정예가 아 니라는 것을 의미했다. 그런데 그런 대공자를 습격하기 위해 매복해 있던 9조의 조장이 죽은 거라면 이를 어떻게 해석해야 하는가에 대해서 한참 동안 고민해야만 했다.

"어떻게 그럴 수 있지?"

"대공자의 병력 말입니까?"

"그래. 가문의 정예를 내주지는 않았을 것 아닌가?"

"물론 그렇습니다."

"알고 있는 것이 있나?"

"대공자가 특무대의 대주로 임명되었답니다."

"특무대? 플람베르 가문에 그런 조직이 있었나?"

"거의 사장된 조직입니다."

"그렇다면 확실하군. 그는 가문의 세력에 배척받고 있는 거야. 그래서 더 이해할 수 없다는 것이야."

"6개월 동안 특훈을 했다고 합니다."

"6개월?"

루카스는 마음에 들지 않는다는 듯 불편한 표정으로 기드윈을 바라보았다.

"그게 가능하다고 생각하나?"

"그건……."

"자네도 아는군. 불가능하다는 것을 말이야."

"…예."

"변수가 있을 것 같군."

"…솔직히 그 변수를 아무리 생각해도 짐작이 되질 않습니다. 저에게 들어왔던 정보에 의하면 특무대는 플람베르 가문에서 버려진 기사들의 집단이라 했습니다. 제대로 된 훈련이나 지원조차 없었습니다."

"그렇지. 그것이 문제지. 아무리 6개월 동안 특훈을 했다 하더라도 수 년, 혹은 수십 년을 동고동락하며 지옥의 훈련을 견뎌낸 철기대를 상대할 수 있다고는 생각할 수 없으니까."

"저 또한 그것이 의문입니다."

"그래, 그 의문을 풀기 위해서는 플람베르의 개망나니를 잡아야겠지."

그때 집무실의 문을 열고 기사가 들어오며 가볍게 예를 취했다.

"준비됐나?"

"그렇습니다."

"나는 스톰시티에 있겠다. 1, 2, 5조는 타베스 산으로, 6, 7, 8조는 티말 산으로 향한다."

"명을 받습니다."

기사가 나가고 루카스 철기대주가 자리에서 일어났다.

"가지."

"명."

그와 함께 기드원 참모 역시 자리에서 일어나 루카스 철기대주를 따랐다.

*   *   *

"후욱! 후욱!"

고요한 타베스 산에 풀을 밟는 소리와 숨을 가다듬는 굵직한 호흡 소리가 들려왔다. 그 선두에는 아론이 그들을 이끌고 있었고, 가장 후미에는 얀센이, 중간에는 제라르가 서서 낙오자를 없앴으며 그들보다 더 앞선 위치에서는 브라이언을 조장으로 한 정찰조가 움직이고 있었다.

그때 아론의 손이 들리자 특무대 제1전대는 자리에서 멈춰 섰다.

"휴식!"

"후우~"

아론의 말에 긴 한숨을 내뱉으며 서서히 숨을 고른 후 적당한 자리에서 외부를 향해 각자의 방향을 주시하면서 휴식에 들어가는 전대원들. 어느새 어둠이 짙어지더니 서서히 새벽이 다가오고 있었다.

"이게 가능할 줄은 몰랐군."

휴식을 취하면서 전대원 한 명이 나직하게 입을 열었다. 그에 그의 옆 전대원이 자신이 맡은 방향을 주시하면서 고개를 끄덕였다.

"옛날이라면 꿈도 못 꿀 일이지."

"그러게 말이야. 그런데 부대주님은 땀조차 흘리지 않는군."

"부대주님이 어디 인간이던가?"

"하긴 뭐 여섯 명의 교관님들도 마찬가지지."

"한마디로 플랑베르를 무단으로 점유한 철기댄가 뭔가 하는 놈들은 X된 거지."

그들은 확신하고 있었다.

작전에 투입되기 전 6개월 동안 그들은 부대주와 여섯 교관의 탁월한 능력을 직접 체험했다.

"어쩌면 대주님보다 부대주님이 더 강할지도 몰라."

"뭐 두 분 다 실력을 다 보인 적이 없으니 모르지."

"……"

그러다 두 전대원 사이의 대화가 끊겼다. 그사이 대원 셋을 데리고 정찰을 나간 브라이언이 대원 한 명과 돌아와 아론에게 보고했다.

"철기대가 움직이기 시작했습니다."

"역시……"

아론은 그럴 줄 알았다는 듯이 고개를 끄덕였다. 이미 플람베르 가문을 출발하기 전에 정보가 저들에게 넘어갔다는 것은 어느 정도 짐작하고 있었다. 그리고 중간에 습격을 위해 매복한 철기대의 한 개 조를 전멸시켰다.

기사의 가문일지라도 그들 사이에는 통신구를 활용하여 언제 어디서든 일정 시간마다 통신으로 보고하도록 정해져 있다. 그런데 보고는 어느 순간부터 이루어지지 않았고, 통신이 두절되었으니 당연히 지각이 있는 자라면 움직일 수밖에 없을 것이다.

"그들은 언제쯤 도착할 것 같은가?"

"아무리 일러도 명일 아침은 돼야 할 겁니다."

"의외로군."

"아무래도 긴가민가할 겁니다. 아무리 빨리 주파한다 해도 삼 일은 걸릴 거리입니다."

"그런가? 그렇다면 그들이 안일한 생각을 한 것인가?"

"그렇습니다."

"오늘 저녁 그들이 당도할 지점은?"

"제럴턴 마을과 조금 떨어진 지점이 될 것입니다."

"이곳과의 거리는?"

"지금과 같은 이동 속도라면 네 시간이면 족합니다."

"휴식 시간은 충분하군. 인원은?"

"철기대 두 개 조와 그들이 이끌고 있는 가병과 용병들까지 하면 족히 2천은 될 겁니다."

"적은 수는 아니로군."

적은 수가 아니라 많은 수였다.

1전대라고 해봐야 고작 1백 명 남짓인데 2천은 가당치도 않은 소리였다. 물론 그것은 1전대원들의 실력을 감안하지 않은 경우였다. 2천이라고 해도 그들이 실질적으로 경계할 만한 병력은 칼뤼베이우스 가문의 가병과 철기대라 보면 될 것이다.

가병은 정규 훈련을 받은 정예 병사들이고, 기사들은 최소 익스퍼트에 오른 강자들이니 말이다. 하지만 그들만 따진다면 결코 문제가 되지 않는다. 현재 1전대원 전원이 익스퍼트의 기사들이니 말이다.

브라이언이 물러나고 제라르와 얀센이 아론에게 다가왔다.

"충분히 휴식을 취한 후 날이 완전히 어두워질 때 출발한다."

"그 외에는 뭐 없수?"

"철기대와 가병을 용병들과 분리시킨다."

"용병들을 또 흡수할 생각이우?"

"거저 주는데 버리면 벌 받는다."

"그건 그렇지만 말이우. 알잖수, 죽이는 것보다 제압하는 게 더 어렵다는 것을 말이우."

"그래서?"

아론이 묻자 제라르가 머리를 긁적이며 입을 열었다.

"뭐 그렇다는 말이우."

"제라르가 말한 것은 어중이떠중이를 모으게 되면 그게 더 문제이지 않을까 하는 걱정일 겁니다."

그에 얀센이 제라르를 두둔하고 나섰다.

"그것은 너희 둘이 알아서 해야지."

아론의 말에 얀센과 제라르가 서로를 바라보다 익숙한 웃음을 떠올리더니 제라르가 먼저 조심스럽게 입을 열었다.

"그게 가능하겠수?"

"길버트나 플람베르 가문은 내가 맡아야겠지."

아론의 말에 제라르와 얀센은 고개를 주억거렸다.

길버트는 크게 문제가 없을지도 모른다. 그는 이미 아론이 용병들을 모으고 그들이 아론 휘하의 용병대에 가입하게 되는 것을 용인하고 있으니까 말이다.

하지만 플람베르 가문은 달랐다. 그들에겐 아직 길버트나 아론이나 모두 이방인일 뿐이었다. 게다가 길버트는 제거해야 할 대상이었다.

아론이 용병들을 흡수하면 그것은 그 개인의 세력이 아니라 길버트의 힘이 된다는 것을 뻔히 알고 있는 그들이 용병들의 세력화를 두고 보기만 하지는 않을 테니까 말이다.

"뭐 큰 형님이 그렇다면 그런 거겠지만 그래도 조심해야 하지 않겠수. 우리는 아직 아무것도 없는 상태이니 말이우."

"조심해야지."

"나는 말이우, 큰 형님을 믿수. 하지만 그 믿음만큼이나 지금 상황이 살얼음판과 같다고 생각하우."

"살얼음판이라……."

아론은 제라르가 무슨 말을 하는지 알고 있었다. 지금 자신의 곁에서 자신의 사람이라고 할 수 있는 이는 제라르와 얀센, 그리고 네 명의 용병뿐이다.

철기대 10조와 9조를 전멸시키고 3백의 용병을 받아들이기는 했지만 아직 그들을 믿을 수는 없었다.

말은 분명히 자신을 따른다고 했지만 그들이 정말 자신을 따를지 따르지 않을지는 아직 확신을 못하고 있는 상황. 그 상황에서 너무 많은 일이 일어나고 있으니 제라르의 걱정은 당연한 것이라 할 수 있었다.

귀족들이나 에퀘스의 성역에 든 기사들이나 바벨의 탑에 속해 있는 마탑의 마법사들은 용병들이 조직적으로 변해 세력화하는 것을 원치 않았다. 세력은 귀족과 기사, 그리고 마법사로 족했다.

'그래서 플람베르 가문을 택하기는 했지만…….'

이 또한 만만치 않았다.

길버트와 친구라는, 그리고 생명의 은인이라는 끈끈한 무엇으로 연결되어 있다지만 그것은 길버트 개인의 사항이다. 만약 그가 가문을 물려받는 데 걸림돌이 된다면 그가 어떻게 변할지는 누구도 장담할 수 없는 상황이다.

어떻게 보면 제라르의 살얼음판과 같다는 말이 전혀 틀린 말은 아닐지도 모른다. 아니, 오히려 그 말이 지금의 상황을 정확하게 찌르고 들어오는 말이라 할 수 있었다.

"그럴 수도 있겠지. 하지만!"

그 순간 아론의 눈이 형형하게 빛을 냈다.

"남아로 태어나 뜻을 세웠으면 그 뜻을 향해 맹렬하게 돌진해야 하고, 검을 꺼냈으면 썩은 무라도 잘라야 하지 않겠냐?"

"물론 그렇소."

아론의 말에 얀센과 제라르는 희미한 미소를 떠올리며 입 꼬리를 말아 올렸다. 아마도 그 둘이 가장 듣고 싶었던 말일 것이고, 그 말을 지금까지 기다리고 있었는지도 모른다.

"너희도 알겠지만 나는 용병들의 대지를 만들고 말 것이다. 기사들의 에퀘스의 성역이나 마법사들의 바벨의 탑과 견주어 뒤지지 않는 그런 용병들의 대지 말이다."

"알고 있수."

"하지만 지금까지 많은 실패가 있었소."

제라르와 얀센은 각기 다른 말을 했다. 하지만 아론에게는 그 각기 다른 말의 의미가 하나로 들려왔다. 바로 끝까지 이룰 수 있겠느냐는 결심을 묻는 말이다.

"내 결심은 결코 변하지 않는다."

"그 말을 기다리고 있었습니다."

제라르와 얀센이 아닌 브라이언이 날름 아론의 말을 받았다.

"어? 브라이언 형님은 언제……."

제라르가 그를 보며 말했다. 하지만 브라이언은 고개를 저었다.

"위계를 확실하게 정해야 합니다."

"그게 무슨 말이우?"

"용병들은 대개 형님, 동생으로 용병대를 조직하거나 더 큰 용병단을 조직합니다. 하지만 그들이 오래가지 못한 이유는 바로 수평적이지도 수직적이지도 않은 애매한 조직 때문입니다."

"하지만 우리는 용병이지 않수? 용병은 용병대로의 조직이 있는 것 아니겠수."

"물론 모든 것을 버릴 이유는 없습니다. 하지만 그것은 소규모로 50명 내외인 용병대의 경우에 한합니다. 백 명이 넘어가고 천 명 넘어갈 때 과연 형님, 동생 하면서 수평적이지도 수직적이지도 않게 조직을 운영할 수는 없습니다."

"그건 그런데……."

"아직이라는 말은 필요 없습니다. 지금부터 그런 인식을 심어줘야 합니다. 그래야 용병대가 용병단으로 성장했을 때 그 효과를 볼 수 있습니다. 고작 3백이지만 그들이 앞으로 우리 용병대가 커지는 데 기반이 됩니다. 그들을 제대로 방향을 잡지 않으면 결국 지금까지와 전혀 다르지 않은, 그저 그렇고 그런 용병대가 될 수밖에 없습니다."

"지금부터 준비하자는 말이로군."

"그렇습니다."

"생각해 둔 것이 있나?"

"우선 제라르 님과 얀센 님은 대장님의 호위입니다."

"호위?"

"형님을 누가 호위한다고."

브라이언의 말에 제라르와 얀센은 말도 안 된다는 듯한 표정을 지어 보였다. 하지만 브라이언은 강경했다.

"용병대의 대장입니다. 그리고 얼마나 성장할지 모르지만 용병단의 단장이 되실 것이고 용병들의 대지를 만드실 분입니다. 호위가 없으면 안 됩니다."

"그건 그런데……."

"그렇게 하지."

아론은 말을 흐리는 얀센의 말을 자르며 승낙을 했고 그에 브라이언은 다시 말을 이어갔다.

"현재는 두 분만을 호위를 두시고 차후 실력 있는 자를 별도로 뽑아 호위조를 만들어야 할 것입니다. 그리고 그 호위조는 호위대로 승격할 것이고, 그 끝은 호위단이 될 것입니다."

"괜찮군. 그리고?"

"용병대는 전투대와 지원대로 나눠야 합니다."

브라이언은 말을 하며 아론을 바라보았다.

"계속해."

"전투대는 10명 1개 조로 열 개 조가 모여 백인대를, 열 개 백인대가 모여 천인대를 이룹니다."

"그건 전쟁 용병 구조와 같수?"

"가장 잘 알려져 있으면서 현재 대다수의 용병대나 용병단이 사용하고 있는 조직 구성이니 적용이 용이합니다. 또한 가장 합리적이기도 하고 말입니다."

"그렇겠지. 그리고 지원대는?"

"작전을 입안하는 참모들을 두고 용병대의 교육을 담당하는 작전과, 물자를 조달하고 관리하는 군수과, 적재적소에 인적 배치를 주로 하는 인사과, 전투와 적의 동향을 감시하여 첩보 활동 및 정보를 취합하는 정보과로 나눠야 합니다."

브라이언의 말에 아론이 고개를 끄덕였다.

'대단하군.'

그의 솔직한 속내였다. 지금 브라이언이 말하는 지원대의 조직은 이제는 사라져 버린 백두산이 알려준 지구라는 차원에서 잡혀 있는 군대의 조직 구성과 매우 흡사했기 때문이다. 물론 전투대의 경우는 달랐지만 말이다.

"전투대를 조금 더 세분했으면 좋겠군."

그에 아론이 첨언을 했다.

"분대, 소대, 중대, 대대, 연대, 여단, 사단, 군단으로 말이지."

"그건……."

아론의 말에 브라이언, 제라르, 얀센 모두 무슨 말인지 몰라 의구심이 가득한 눈으로 아론을 바라봤다.

"분대는 10명, 4개의 분대가 하나의 소대가 되고, 4개의 소대가 하나의 중대가 되는 식이지."

"전투의 최소 단위가 분대가 되는 것입니까? 1개 조처럼 말입니다."

"그렇지. 다만 4개의 분대 중 한 개의 분대는 전투와 동시에 소대 본부가 되어 소대장과 부소대장, 통신병 및 궁수, 혹은 기마가 가능한 인원으로 구성하는 것이지."

"그렇다면?"

"그래. 중대, 대대, 연대, 여단, 사단, 군단 모두 그 기본에서 벗어나지 않지."

"흐음."

브라이언과 제라르, 얀센은 각자 아론의 말에 고민하기 시작했다.

"중대는 조직 내에서 기능하는 단위 제대 중 말단 제대가 될 것이며, 상급 제대의 지휘하에 단독으로 작전에 투입될 수 있는 최소 부대 단위는 대대로 한다."

"…그것은 조금 더 생각해 봐야 할 것 같습니다."

"생각할 것 없이 그렇게 하도록 하고, 얀센과 제라르는 내호위가 되고, 브라이언 자네는 작전과를 담당하는 것이 좋겠군."

"제가… 말입니까?"

"그래. 어차피 지금 현재 가장 중요한 조직은 작전과야. 정보와 군수, 인사를 모두 통합해서 운용하도록 해."

"알겠습니다. 최선을 다하겠습니다."

"최선을 다하는 것만으로는 안 돼. 그 이상으로 해야 해. 기초를 잘 다지지 않으면 모래 위에 집을 짓는 꼴이 될 테니까."

"명심하겠습니다."

브라이언이 가볍게 머리를 숙였다. 다른 용병들처럼 못하겠다는 말은 하지 않았다. 그는 이미 자신이 조직에 대한 발언을 했을 때 이렇게 되리라는 것을 어느 정도 인지하고 있었다고 해도 과언이 아니다.

그러하기에 순순히 아론의 말을 받아들인 것이다.

"그리고 일단은 오늘 저녁에 있을 전투에 집중해야 할 것 같군."

"칼뤼베이우스 가문의 가병과 기사들을 하나로 하고 그들이 고용한 용병들을 한 무리로 하여 두 무리를 나눠야 합니다."

"으잉? 그걸 어찌 알았수?"

아론과 똑같은 말을 하는 브라이언의 말에 제라르가 놀라 물었다. 그에 브라이언은 침착하게 입을 열었다.

"어차피 마스터께서는 용병들의 대지를 만들기 위해 세력을 키워야 합니다. 하지만 용병들을 휘하로 들이기는 쉽지 않습니다. 지금 상황에서 세력을 키우기 가장 쉬운 방법은 포로가 된 이들을 회유하거나 협박하여 그들을 휘하로 들여 세력을 만드는 겁니다."

"하지만 그렇게 되면 적아를 구분하기 어렵지 않겠습니까? 아무리 용병이라고 하지만 그들은 칼뤼베우스 가문의 영역에서 나고 자란 이들 중 가병이 되기에는 자질이 떨어지고 문제가 될 것 같은 이들을 용병으로 돌리고 있는 판국입니다."

브라이언 말 그대로였다. 일곱 개의 기사 가문에 고용된 용병들은 그냥 떠돌이 용병이 아니었다. 물론 부족한 수를 채우기 위해서 용병을 고용하기는 했지만 실제 2천 명 중 그런 용병은 고작해야 3백을 넘지 않았다.

그렇다는 것은 지금 아론이 받아들인 3백의 인원 중에 칼뤼베이우스 가문에서 나고 자란 용병들이 포함되어 있다는 것을 의미했고, 그들을 반드시 숨아 내야 한다는 것을 의미하기도 했다. 물론 그들이 누구인지는 은밀하게 더글러스를 통해 알아보라고 지시해 두었다.

"역시……."

제라르는 이미 브라이언에 대해서 알고 있었다. 만인대에 있던 시절 그가 멸문한 기사 가문의 사람이라는 것을 말이다. 그래서 전투에 나갈 때 반드시 그를 대동하여 전투를 치렀다.

그의 말을 들어서 결코 나쁜 적이 없었다. 그리고 지금도 주머니 속의 송곳처럼 정세를 보고 읽어 전략을 준비하고 있는 것이다.

"그래서 둘로 나눈 방법은?"

"죄송하지만 마스터께서 그들은 유인해야 합니다."

"유인 정도는 그리 큰 문제가 아니지."

"마스터와 1전대의 절반이 그들을 유인하면 제라르와 얀센이 허리를 자릅니다."

"그들이 유인에 걸려들까?"

"걸려들 수밖에 없습니다."

"왜?"

"그들은 아직 우리를 모르기 때문입니다. 또한 그들은 지금까지 단 한 번의 패배도 없이 승승장구했습니다."

"그렇다고 그들이 방심하란 법은 없지."

"방심하지 않았으면 그들은 벌써 타베스 산의 초입에 진지를 구축하고 있을 것입니다."

"그건 그렇군."

그리고 잠시 아론이 망설였다. 그러다 이내 결정을 내렸다.

"좋아, 그렇게 하지. 그리고 마이크한테 유리와 니콜라이에게 적의 구성을 명확하게 구분하라고 전하도록 해. 아니, 그냥 그들에게로 스며들라고 해."

"위험하지 않겠습니까?"

브라이언 대신 얀센이 물었다. 그에 브라이언이 고개를 저으며 입을 열었다.

"위험하지 않은 작전이 어디 있겠습니까? 하지만 6할 이상으로 그들은 위험하지 않을 것입니다."

"이유를 물어도 되겠습니까?"

"그들에게 중요한 것은 가병과 가문의 영역에서 나고 자란 용병들이지 돈을 주고 고용한 머릿수를 채우기 위한 용병들이 아니기 때문입니다. 그러하기에 그들에 대한 감시는 그리 대단치 않을 것입니다."

방심이라면 아주 사소한 방심이다. 지금 아론은 그 사소한 방심의 틈을 찌르고 들어가 용병들을 분리시키라는 말이었다. 그렇다고 하더라도 분명 위험한 것은 마찬가지였다. 도대체 누가 가문의 용병이고 고용된 용병들이라는 것을 알겠는가?

하지만 그것은 의외로 쉬웠다. 사람이란 자고로 세 사람만 되어도 편을 가르게 마련이다. 가문의 용병들은 자신들이 돈에 고용된 용병들과 다르다는 자부심을 가지고 있을 것이다. 가문 역시 그들을 그렇게 교육시켰다.

그렇다는 것은 결국 그들은 서로 융합되지 못하고 물과 기름처럼 분리되어 있다는 것을 의미한다. 오랫동안 전쟁 용병으로 타고난 눈치와 넉살을 자랑하는 유리와 니콜라이가 그런 분위기를 모를 리 없었다.

"하긴 유리와 니콜라이의 성격을 보자면 어렵지는 않겠수."

"그럼 둘에게 그렇게 전하도록 하겠습니다."

"그래."

아론의 승낙이 떨어지자 브라이언은 곧바로 마이크를 불러 몇 가지 사항을 전달했고, 마이크는 바로 일어나 바람처럼 내달리기 시작했다. 그리고 약간의 시간이 지난 후 그는 유리와 니콜라이를 만났고, 그들에게 아론과 브라이언의 명령을 전했다.

이후 유리와 니콜라이는 은밀하게 새벽의 어스름을 타고 이동하기 시작했다. 그들의 움직임은 은밀하면서도 거침이 없었다.

이미 마나를 다리로 보내 빠르게 내달리는 법을 깨달은 그들인지라 새벽이 되기 바로 전의 어둠이나 그들의 앞을 가로막는 나무나 풀 정도는 아무런 장애가 되지 않았다.

그렇게 한참을 전력으로 달려 새벽이 밝아올 시점에 그들은 멀리 고요와 적막이 깃들어 있는 일단의 진영을 발견할 수 있었고, 조심스럽게 후위로 돌아갔다.

새벽이라는 시간은 아무리 철저하게 경계를 서고 있다고 해도 졸음이 몰려올 시기였다.

예상대로 후방은 용병들이 존재했고, 그 용병들은 한데 섞여 있는 와중에도 교묘하게 둘로 나뉘어 자리를 잡고 있었다. 유리와 니콜라이는 서로를 본 후 고개를 끄덕이고는 이내 둘로 나눠진 용병들의 틈새로 녹아들었다.

어둠 속에서 숨어드는 그들을 그 누구도 눈치채지 못했다.

그도 그럴 수밖에 없는 것이 유리와 니콜라이는 델포르 산에서의 훈련 이후 최상급의 경지를 밟았다. 이곳에서 그들보다 경지가 높은 이는 없으니 어쩌면 당연한 일이라 할 수 있었다.

그렇게 아무 일도 없었다는 듯이 날이 밝아오고, 용병들이 나둘 잠에서 깨어나기 시작했다.

"으그그극!"

"아이고매, 죽겠네. 이눔의 노숙은 해도 해도 적응이 안 되네그려."

"적응되면 거지새끼지, 용병이여?"

"하긴 그렇지?"

아침부터 시답지 않은 말을 주고받으며 시작하는 용병들.

대부분의 용병이 일어났고, 아직 일어나지 않은 몇 명은 꿈속을 헤매고 있었다. 그에 기지개를 켜던 용병 중 한 명이 혀를 차며 자고 있는 용병을 발로 툭툭 건드렸다.

"어이, 이봐. 그만 일어나지? 늦으면 밥 없을걸."

"으그그그."

그렇게 알 수 없는 말을 내뱉으며 꼼지락거리더니 일어나는 용병은 아직 정신을 못 차렸는지 여전히 눈조차 뜨지 못한 채 멍하게 앉아 있다.

"이봐, 정신 차리라고. 저기 칼뤼베이우스 가문의 개들이 눈을 부라리고 있는 거 안 보여?"

그에 방금 일어난 용병은 눈을 비비더니 흘깃 저 멀리에서 침구와 막사를 정리하고 한심한 듯 이쪽을 바라보고 있는 칼뤼베이우스 가문 소속의 용병들을 바라봤다. 그러다 시선을 돌리고 뚱하게 입을 열었다.

"똥개 새끼도 지 집 마당에서는 5할은 먹고 들어간다드만."

"크크, 그 말 참 명언일세."

"그런데 못 보던 얼굴인데?"

"나도 처음 봐."

"뭐?"

"어제 늦게 합류했지라."

"누가 합류한다는 말은 못 들었는데?"

"나도 잘 모르거든요. 갑자기 통보가 왔거든요."

"어라? 둘이 쌍둥이네?"

"맞지라."

"맞거든요."

여기저기에서 중구난방으로 대화에 끼어들었다. 그러다 한 명이 모포를 툭툭 털며 입을 열었다.

"아무렴 어때. 숫자가 많으면 살아날 확률도 늘어날 텐데."

"뭐 그렇긴 하네. 어쨌든 반갑수. 마이클이라고 하우."

"유리지라."

"니콜라이거든요."

마이클의 말에 둘이 동시에 입을 열었다. 그에 마이클은 잠시 멍하니 있더니 이제야 알겠다는 듯이 고개를 끄덕이며 유리를 가리키며 말했다.

"당신이 유리지?"

"어?"

"당신이 니콜라이고."

"맞거든요. 어떻게 알았대요?"

"말투가 다르잖수, 말투가."

"아~ 근디 밥은 워찌케 하지라?"

"아! 밥!"

그때 시끄럽게 종이 울리는 소리가 들렸다.

"들었지?"

"이거지라?"

"맞수. 빨리 갑시다."

그렇게 엉덩이를 툭툭 털고 일어나 이미 배식 줄이 길게 늘어선 곳으로 향하는 세 사람이다. 그리고 배식을 받은 후 다시 자리에 털썩 주저앉으며 유리가 물었다.

"근디 저쪽하고 차이가 많이 나지라?"

유리는 슬쩍 저 멀리 칼뤼베이우스 가문 소속 용병들을 바라보았다. 그에 마이클이 쓰게 입맛을 다시며 설명해 줬다.

"설명 못 들었나, 우리는 그냥 머릿수 채워 넣는 용이나 화살받이 용이라는 거?"

"에이, 설마……."

"그래도 기사 가문이거든요."

유리와 니콜라이의 부정적인 말에 마이클은 혀를 차며 뭘 몰라도 한참 모른다는 듯이 말했다.

"하! 당신들 초짜요?"

"초짜는 아니고 전쟁 용병을 했지라."

"아~ 그래서 이곳 상황을 잘 모르는 모양이군."

그러더니 허리를 숙여 조심스럽게 말했다.

"귀족이나 기사들이나 다 똑같은 족속이오."

"그래도 에퀘스의 기사거든요?"

"옛날에나 에퀘스의 기사지, 지금은 땅따먹기에 혈안이 되어 있고 권력을 잡기 위해 세력을 넓히는 데 혈안이 되어 있소."

"그럼……."

"맞소, 맞아. 당신이 생각하는 것이 맞소. 괜히 고용 대금이 비싼 게 아니오."

"그래도 이건 좀 너무했지라."

그러면서 멀건 수프를 스푼으로 떠보는 유리였다. 마치 물이 떨어지듯 주르륵 흘러내리는 수프. 빵은 또 어찌나 딱딱한지 무기로 써도 될 것 같았다. 그에 반해 칼뤼베이우스 가문 소속의 용병들의 수프엔 고기도 많이 들었고 빵도 보들보들해 보였다.

　"뭐 어쩔 수 있나? 우린 용병인데."

　"쯧!"

　마이클의 자조 섞인 말에 유리와 니콜라이 역시 혀를 찼다. 그러다 문득 생각났다는 듯이 입을 여는 니콜라이.

　"들리는 말로는 철기대의 9조가 당했다고 하거든요."

　"응? 그게 무슨 말인가?"

　"우리가 사정이 있어 조금 늦게 오긴 했는디 오면서 들어보니 9조가 새로 투입되는 플람베르 가문의 병력을 기습하기 위해 매복했다가 오히려 전멸당했다고 하거든요."

　"아니, 그게 정말이오?"

　"그렇지라. 우리가 거짓말할 이유가 없지라."

　"그, 그렇긴 한데……."

　"게다가 저항하지 않은 용병들은 죽이지 않는다고 하지라."

　"허어~ 그게 정말인가?"

　"정말이거든요? 여관에서 내 이 두 귀로 똑똑히 들었거든요. 게다가 밥도 잘 준다고 하거든요."

"그놈의 밥은……."

"다 묵고 살자고 하는 짓인디 밥은 잘 줘야 하지라. 플람베르 가문은 포로도 배불리 묵는다는디 이게 뭔 짓이지라?"

"내 말이 그 말이거든요. 우리가 물론 돈을 받기는 하지만 지들 도와주러 왔지 그지새끼들은 아니거든요. 근디 이런 푸대접이믄 차라리 칼을 거꾸로 드는 기 낫거든요."

"어허~ 쉿! 그런 말 함부로 하지 마시오."

"우덜이 틀린 말은 한 것은 아니지라. 두고 보지라."

"이놈들은 분명 아작이 날 거거든요."

"어허~ 말조심하라니까 그러오."

"난 이 상황을 참을 수 없거든요."

"참을 수 없으면 어쩔 건데 그러시오."

"결정적인 순간에……."

"음? 결정적인 순간에?"

그러면서 말을 멈추는 유리와 니콜라이의 행동에 더욱 궁금해진 마이클은 그들의 말을 재촉했지만 그들도 어느 정도는 짐작하고 있었다. 사실 말이 용병이지 화살받이이고, 가문의 용병들을 제외하고 돈으로 고용된 자신들은 그저 찬밥 신세라는 것이 마음에 들지 않았다.

게다가 같은 용병임에도 불구하고 자신들을 노골적으로 비웃는 모습은 목구멍까지 욕지기를 치솟아 오르게 만들었다.

"쓰벌, 틀린 말은 아니네."

마이클과 함께 식사를 하던 용병 역시 동의하고 나섰다. 짧지 않은 기간 동안 이들은 칼뤼베이우스 가문의 고용 용병으로 함께했다. 덕분에 볼 꼴 못 볼 꼴을 많이 보았을 뿐만 아니라 그에 못지않은 차별 대우를 받았다.

그동안 자신들을 고용한 고용주이기에 꾹꾹 참아온 불만이 유리와 니콜라이의 말에 슬슬 터져 나오기 시작한 것이다.

"거, 조용히 해!"

"아따, 성님. 말이야 바른 말이지. 안 그렇수?"

"밥이나 처먹어, 새끼들아."

"에이, 씨발. 우리가 무슨 개돼지 새끼도 아니고."

"이 새끼들이 정말."

"……."

용병들 사이에서도 분란이 일어나기 시작했다. 그런 그들의 모습을 보며 유리와 니콜라이는 속으로 웃을 수밖에 없었다.

'이거 너무 쉬운데?'

'알 만하다, 알 만해.'

하지만 그들은 아직 끝나지 않았다. 아니, 아직 시작도 하지 않았다. 일찍 조식을 마치고 다시 출발선에 선 철기대 3조.

"이 새끼들아, 빨리 준비해!"

"너 지금 나한테 한 말이지라?"

용병들을 이끌고 있는 철기대 3조 소속의 용병들, 달리 말해서 칼뤼베이우스 소속의 용병들. 그들은 노골적으로 고용 용병들을 얕보고 있었다. 그때 정렬하고 있는 용병들을 상대로 거칠게 외치는 칼뤼베이우스 가문 소속의 용병들.

그리고 그 장소에 바로 유리와 니콜라이가 있었다. 그리고 유리가 먼저 입을 열었다. 그런 유리를 보고 한 용병이 그를 말렸지만 이미 작정하고 달려드는 유리를 막을 수는 없었다. 그런 유리를 보며 칼뤼베이우스 가문 소속의 용병이 눈을 부라렸다.

"이 새끼가 어디서 말대꾸야?"

"이런 씨발 새끼야, 나이로 보나 경력으로 보나 내가 너보다 두 배는 더 오래 살고 두 배는 더 오래 용병을 했지라. 이런 썩을 잡놈의 새끼야, 근디 그 알량한 가문 소속 용병이라고 대선배한테 하는 짓거리가 고작 이거지라?"

하지만 칼뤼베이우스 가문 소속의 용병도 지지 않았다. 그들도 알고 있었다. 한번 기세에서 밀리기 시작하면 끝도 없다는 것을. 그리고 한 번쯤은 꾸욱 눌러줄 필요가 있음도 알고 있었다.

철기대 3조의 기사나 가병들은 그 시기가 되었음을 알고 그냥 지켜볼 뿐이었고, 칼뤼베이우스 가문 소속의 용병들 역시 지켜볼 뿐이다. 약간 불안하거나 짜증 난 얼굴을 한 것은 역시나 고용 용병들이었다.

그들이 보기에 경력이나 나이는 유리가 앞서 보이기는 하지만 실력은 고개를 갸웃할 수밖에 없다. 아무리 칼뤼베이우스 가문의 정규 병사에서 떨어졌다고는 하지만 가문의 혹독한 수련을 받은 용병들이다.

제대로 훈련을 받지 못한 떠돌이 용병들이 당해낼 재간은 드물다고 해도 과언이 아니다. 그것을 알기에 혹시라도 그 화가 자신들에게 미칠까 불안해했고, 또 나서기 좋아하는 놈이 괜히 분란을 일으켜 고생스럽게 만들지 않을까 생각하는 이들이 대부분이었다.

사실 이런 일은 진즉에 일어나야 했다. 하지만 이미 칼뤼베이우스 가문이나 여타 에퀘스의 성역에 있는 기사 가문에 고용된 경험이 있는 용병들에 의해 쉬쉬하고 불만을 제기하는 용병들을 다독이고 있는 판국이었다.

그런 판국에 유리와 니콜라이가 그 살짝 덮어놓은 균열의 틈을 비집고 들어가자 그 균열은 걷잡을 수 없이 커지고 있었다. 그것을 잘 알고 있는 칼뤼베이우스 가문 소속의 용병들은 이번 참에 확실하게 눌러놓을 필요가 있다고 판단했다.

"그래, 그래. 늙은 용병새끼가 한번 엉겨보겠다 이거지?"

그러면서 칼뤼베이우스 가문 소속의 용병이 울뚝불뚝한 근육을 자랑하며 길고 두꺼운 대검을 어깨에 걸치고 걸어 나왔다. 얼굴에는 X 자 모양의 거친 흉터가 있고, 그 흉터 덕분에 더욱 흉악해 보였다.

간담이 작은 사람은 그의 얼굴만 봐도 겁에 질릴 정도였다.

"엉겨? 어린놈의 새끼가 어디서 뚫린 입이라고 혀를 놀리지라."

"싸움을 근육으로 하는 병신새끼가 여기 또 있거든요."

유리와 니콜라이는 그들을 슬슬 약 올리고 있었다. 그러면서 유리의 소매 속에서 얇은 쇠사슬이 흘러나왔고, 니콜라이의 양손에는 어느새 두 개의 라운드 실드가 모습을 드러내고 있었다.

"클클, 그래, 그 정도는 돼야겠지. 그래서 둘이 함께 엉길 거냐?"

"울 둘이? 지나가던 똥개새끼가 웃을 일이지라. 너 정도는 나 혼자로도 충분하지라."

"실력도 없는 새끼들이 확실히 입담은 대단하군. 까는 소리 말고 덤비기나 해."

스윽! 스윽!

유리가 쇠사슬을 끌며 앞으로 걸음을 옮겼다. 용병이나 기사들, 가병들까지도 흥미롭게 지켜보고 있을 뿐이다. 그들끼리는 내기를 거는 이도 있었다.

"낄낄, 오랜만이네. 넌 누구한테 걸래?"

"난 저 덩치한테 건다."

"어? 너도 죤에게 걸려고? 이럼 좀 문제가 되는데……."

"너도?"

"지금까지 죤이 진 적이 있던가?"

"없지."

"니가 보기에는 이번에 죤이 질 것 같냐?"

"아니."

"그러니까 죤에게 걸어야지."

"그럼 내기가 안 되잖냐?"

"떠돌이 용병새끼들이 실력이 너무 없어."

"어떻게 편하게 돈이나 벌어볼까 하고 기웃거리는 하이에나 같은 놈들이지. 그래서 더 마음에 안 들어. 죤이 저번처럼 봐주지 않고 저 용병 놈의 뼈를 뽑아버렸으면 좋겠군."

"그래, 그래야 조용해지지. 저 새끼들은 돈 받아 처먹고 우리가 제공하는 먹을 것까지 처먹고 불만은, 어휴. 그냥 조용히 찌그러져 있지."

"원래 사람이라는 게 말이다, 잘해주면 그게 지들 권린 줄 안다니까."

"배알도 없는 용병 새끼들."

그들은 속삭이지 않았다. 마치 고용 용병들에게 들으라는 듯이 대놓고 여기저기에서 중구난방으로 떠들어댔다. 그럼에도 고용 용병들은 말을 할 수 없었다. 실제 그들의 말이 그리 틀린 것도 아니니까 말이다.

하지만 그렇다고 이렇게 자존심에 상처까지 입으면서 이 일을 해야 하는 생각이 슬슬 고개를 치켜들고 있었다.

'씨발! 이래도 해야 돼?'

'저 개새끼들.'

'언젠가 너희 놈들 뒤통수를 쪼개 버린다.'

개중에는 자신도 모르게 무기를 잡은 손에 힘이 들어간 용병도 있었다.

그들도 알고 있었다. 지금 칼뤼베이우스 가문의 용병이나 철기대의 기사, 가병들은 지금의 상황을 은근히 바라고 있었다.

오히려 이런 일이 진즉에 일어나 제멋대로인 용병들을 자신들의 구미에 맞게 다룰 수 있게 했어야 한다고 생각하는 이들도 있었다.

그래서 더 자존심이 상했다.

철기대의 기사나 가병들, 그리고 심지어는 편이 나뉜 용병들조차 칼뤼베이우스라는 가문의 뒷배가 있다. 하지만 자신들은 뭔가? 아무런 뒷배도 없다. 지금의 상황이 어쩌면 당연한 일일지도 모른다.

그러는 와중에 그들의 마음속에는 미약하지만, 아직 발아

상태이기는 하지만, 용병들만의 세력이 왜 없는지에 대해 한탄할 수밖에 없었다.

'쓰벌. 왜 용병들은 아무것도 없어서.'

'참 거지같네.'

'이참에 용병단이나 뭐 그런 데 가입해 볼까?'

'아서라. 가입하면 뭐 하누. 어차피 똑같을 것을.'

그들이 각자의 생각하는 동안 존이라는 용병과 유리가 서로를 향해 달려가고 있다. 아니, 엄밀히 말하면 유리는 멍하니 서 있는 것 같고, 존은 분노에 휩싸인 얼굴로 대검을 들고 유리를 일도양단할 듯한 자세로 떨어져 내리고 있었다.

'저, 저……'

'별것도 아닌 새끼가……'

'아까운 목숨 또 가네.'

'어후~'

그들의 모습을 지켜보고 있던 이들은 모두 압도적으로 존이 이길 것이라고 생각했다. 조금 후면 유리라는 용병은 시체가 되어 나뒹굴고 있을 것이고, 기세가 오른 가문 소속의 용병들은 자신들을 미친 듯이 비웃을 것이라 생각했다.

그래서 아예 두 눈을 질끈 감아버리는 용병도 있었다. 다만 단 한 명, 니콜라이만이 아까부터 피식피식 웃으며 그 상황을 지켜보고 있다.

"자네는 동료가 죽는데 뭐가 그리 우스운가? 도와주지는 못할망정."

그에 니콜라이는 슬쩍 옆을 보며 말했다.

"저런 걸로는 안 죽거든요."

"안 죽어? 내가 보기에는 분명히……."

하면서 시선을 돌리다 용병은 입을 쩍 벌린 채 뒷말을 잇지 못했다. 기이한 상황이 전개되고 있었다. 죤이라는 용병은 허공에 떠 있고 그의 대검 역시 허공에 딱 멈춰 있다. 그리고 그의 대검 아래에는 손이 하나 있었는데 그 손은 바로 유리의 것이었다.

"저게 무슨……."

"상황이냐 하면 유리가 대검을 손으로 잡은 거거든요."

니콜라이는 친절하게 설명해 줬다.

"……."

하지만 용병은 대답이 없었다. 너무 놀라 정적이 감돌았다. 그것은 이쪽이나 저쪽이나 마찬가지였다. 하지만 정작 허공에 멈춰 있는 죤만큼은 아니었다. 그는 지금 심장이 튀어나올 것 같이 경악하고 있었다.

CHAPTER 2

계략

있을 수 없는 일이다.

어찌 인간이 허공에 멈출 수 있고, 어찌 투박하기는 하지만 날카롭기 그지없는 양손대검을 한 손으로 잡을 수 있단 말인가?

하지만 그것은 너무 놀라 잘못 본 것이었다. 엄연히 유리의 손에는 얇은 쇠사슬이 칭칭 감겨져 있었다.

그리고 사람들은 모르지만 그는 이미 최상급의 익스퍼터였다. 쇠사슬이 아니라도 충분히 마나가 깃들지 않은 무기 정도는 가볍게 손으로 막을 수 있을 실력자였다.

하지만 여기서 진짜 맨손으로 잡았다가는 저들 모두를 적으로 돌릴 수 있는 어리석은 행동일 수 있었다. 그렇지 않아도 고용 용병을 좋게 생각하지 않고 있는데 어쩌면 자신들의 적이 될 수도 있는 존재를 가만둘 리 없었다.

회유 아니면 죽음이라 할 수 있었다. 내가 갖지 못하면 남도 갖지 못하게 철저하게 망가뜨리거나 목숨을 거두는 것은 사실 일도 아니다. 도대체 누가 뭐라 할 것인가?

이곳은 칼뤼베이우스 가문의 철기대가 있는 곳이고 그에 소속된 이들이 대부분이다.

유리는 가볍게, 그러나 겉으로는 힘들다는 듯이 대검을 뿌리쳤다.

휘익!

"쿠와아악!"

쫀의 입에서 형언할 수 없는 격한 비명이 터져 나왔다. 유리는 그런 쫀을 향해 느릿하게 걸음을 옮겼다. 쫀은 내던져진 충격에서 헤어 나오지 못하고 있었다. 그 모습을 지켜보던 철기대 3조장인 로버트 픽턴이 슬쩍 인상을 찌푸렸다.

"누구지?"

"그게……."

그의 부관은 선뜻 답을 하지 못했다. 하지만 픽턴 3조장은 그를 탓하려 하지 않았다. 왜냐하면 지금 저 쇠사슬을 들고 있는 용병이 가문 소속의 용병이 아니라는 것을 아는 탓이다. 그리고 그저 화살받이나 소모품일 뿐, 그 이상도 그 이하도 아닌 존재였다.

"죤을 저 정도로 다루는 것을 보니 꽤 하는가 보군."

"경력이 좀 있는가 봅니다."

"죤의 대검을 막은 것은 손과 팔에 칭칭 감긴 쇠사슬 때문인가?"

"그렇게 보입니다."

"저대로 두면……."

"죤이 다칠 수도 있을 것입니다."

"뭐 그러면 그것대로 괜찮겠지."

픽턴 3조장의 말에 부관은 살짝 당황했다.

"기실 가문 소속의 용병들이 너무 자만한 것도 없지 않아 있어. 이쯤에서 한 번쯤 따끔하게 경고하는 것도 나쁘지 않지."

"그 말씀은……."

"어차피 가병에서도 떨어진 놈들이야. 저 정도도 이겨내지 못한다면 의미가 없지."

"알겠습니다."

조금 잔인하기는 하지만 부관 역시도 픽턴 3조장의 말에 어느 정도 동의할 수밖에 없었다. 실력도 좋고 충성심도 좋지만 자만심은 금물이다. 자신감은 전투에 도움이 되지만 자만심은 전혀 도움이 안 되기 때문이다.

'한 놈을 희생해서 가문 소속의 용병들이 정신을 차린다면야······.'

그 생각과 함께 싸움이 일어나고 있는 곳으로 시선을 두었다.

"우와악!"

정신을 차린 죤은 자신의 나약함에 미칠 것 같은 분노가 일었다. 앞뒤 보이는 것이 아무것도 없었다. 그저 달려 나가 자신에게 두려움과 공포, 그리고 쓰레기 같은 감정을 느끼게 한 저 늙은 용병 놈을 반드시 죽여 버리겠다는 생각뿐이었다.

부웅! 부우웅!

엄청난 힘이 담긴 대검이 허공을 가르면서 거친 풍압을 일으켰다. 하나 유리는 그런 풍압 정도는 아무렇지도 않다는 듯한 걸음 피하고, 허리를 뒤틀고, 어깨를 살짝 빼 그 모든 공격권에서 벗어났다.

"이 개새끼야, 피하기만 할 테냐? 후욱!"

거친 숨소리와 함께 죤의 입에서 험악한 말이 튀어나왔다.

꿈틀.

그에 유리의 눈이 살짝 꿈틀거렸다. 그러더니 이내 흰 이를 드러내며 사나운 웃음을 지어 보였다. 그리고 나직하게 한마디 했다.

"너 한 놈 없어지는 걸로 용병들의 삶이 조금 더 나아진다면 내가 대표로 쓰레기를 청소한다고 생각하고 네놈을 죽여주지라."

투훅!

그가 발로 대지를 박찼다. 순식간에 죤과의 거리가 단축되었고, 죤의 눈이 크게 떠졌다. 순간적으로 유리의 신형을 놓친 것이다. 그리고 느껴지는 끔찍한 고통.

"쿠훅!"

죤의 허리가 일자로 꺾였다. 그러다 그의 얼굴이 홱 돌아갔다.

우드득!

목뼈에서 심한 소리가 흘러나왔고, 죤은 비명조차 지르지 못했다. 죤의 접힌 신형이 쭉 펴지며 튕기듯이 날려갔다. 그와 동시에 다시 유리가 대지를 박찼고, 튕겨 나가는 죤의 신형을 따라잡았다.

그리고 위에서 아래로 다시 팔꿈치를 찍어 내리며 한마디 했다.

"내가 새끼야, 전장에서만 15년을 넘게 살았지라, 애송이 새끼야. 너 같은 새끼들은 손가락, 발가락으로 셀 수 없을 정도로 봤고 말이지라."

퍼억!

그러면서 다시 무릎을 차올려 허공에 떠 있는 죤의 허리를 가격했다.

"꺼억!"

그 끔찍한 고통에 죤은 입으로 피와 타액을 내뿜으며 제멋대로 나동그라져 흙투성이가 되어버렸다. 쓰러져서 꿈틀거리는 죤. 그런 죤을 향해 걸음을 옮긴 후 아직 정신을 못 차리는 죤의 얼굴을 발로 지그시 밟고 무릎을 꿇어 입을 열었다.

"애송이 새끼, 너 같은 새끼는 용병들의 수치지라. 그래서 말이지라, 내가 네놈을 확실하게 교육시킬 생각이지라."

그러면서 일어나 죤을 발로 툭 차올렸다. 그저 툭 차올린 것 같은데 죤은 정신없이 데굴데굴 굴러가고 있었다. 그런 그를 향해 다시 걸음을 옮기는 유리.

"그만! 멈춰!"

그때 그 모습을 지켜보고 있던 가문 소속 용병의 대표 격인 자가 앞으로 나섰다. 유리는 그럼에도 불구하고 아직 꿈틀거리고 있는 죤의 머리에 발을 올려 지그시 누른 채 그를 바라봤다.

"넌 누구지라?"

"용병 조장 이튼이라고 한다."

"그런데?"

"그쯤 했으면 충분하지 않나?"

"아니지라. 노인 공경을 못 하고 선배를 선배로 대하지 않는 새끼를 이 정도에서 끝내면 안 되지라."

"더 할 생각이란 말인가?"

"아직 시작도 안 했지라."

"계속 그러면 재미없을 텐데?"

"그거 지금 날 협박하는 거지라?"

"협박? 내거 하잘것없는 네놈에게?"

"하! 이거 이거, 이 애송이 새끼가 왜 이렇게 기고만장하는가 했더니 결국 네놈 때문이었지라."

"죽고 싶은 모양이로군."

"죽어? 누가 말이지라? 네놈이나 나나 같은 용병 아닌지라?"

"용병이라고 해서 다 같은 용병인 줄 아는 모양이군."

"용병이면 다 같은 용병이지 용병들 사이에 위아래가 어디 있지라?"

그러면서 발로 밟고 있던 존을 툭 차버리고 그에게로 신형을 돌리는 유리.

"그만하지?"

그때 기사들이 끼어들었다. 싸움이 재미있기는 했지만 더 지체했다가는 오히려 작전에 차질이 있을 것 같았기 때문이다. 그에 용병 조장 이튼은 불편한 기색으로 고개를 숙였다.

그러함에도 유리는 물러서지 않았다.

"그쯤 하면 된 것 같군. 더 이상 지체되면 대금을 못 받을 줄 알아."

그에 유리는 그 말을 한 기사를 보며 씨익 웃더니 가래침을 바닥에 탁 뱉었다. 그에 기사는 눈썹을 꿈틀거렸지만 별말은 하지 않았다. 왜냐하면 용병은 원래 그런 존재니까.

"정리하고 출발한다!"

이내 시선을 돌리고 외치는 기사. 그에 용병 조장 이튼이 슬쩍 유리를 쏘아보더니 신형을 홱 돌려 가버렸다.

"새끼들이 겁은 많지라."

"이 정도는 적당하거든요. 너무 몰아세우면 마스터한테 혼나거든요."

마스터라는 말에 흠칫한 유리는 괜히 헛기침을 해 보였다. 그때 용병들이 그를 둘러쌌다.

"어따, 그 양반, 간도 크네."

"아이고, 시원하구만. 그 존이라는 새끼 말이오."

"가문만 아니면 X도 아닌 새끼들이 뻐기기는."

"그나저나 괜찮겠소?"

"뭐가 말이지라?"

"저놈들, 뒤끝이 장난 아니어서 말이오."

"헹! 실력도 없고 허풍만 잔뜩 든 놈들은 몇백 명이 몰려와도 안 무섭거든요."

"그래도 조심하게."

"알겠지라."

유리와 니콜라이가 답하자 걱정스러운 얼굴로 제자리로 돌아갔고, 유리와 니콜라이는 서로를 보며 슬쩍 웃음 지었다. 그리고 행군이 시작되었다. 역시 고용 용병들은 맨 후미에 위치했다.

그 누구도 그들을 신경 쓰지 않았다. 오히려 용병들의 다툼으로 느려진 행군 속도를 더 올릴 뿐이다. 빠른 행군으로 모두가 지쳐 있고, 주변과 무관하게 잠깐의 휴식을 취하고 있을 때 니콜라이는 품속에서 무언가를 꺼내 날려 보냈다.

"어? 방금 그거 뭐요?"

"그냥 뭐… 애완용이거든요."

"근데 왜 그동안 안 보인 거요?"

"쪽팔리거든요."

니콜라이의 말에 피식 웃어버리는 용병이었다. 거칠기로 유명한 용병이 조그마한 새를 기른다는 것이 말이 되는가. 그의 마음을 이해한 용병은 이내 휴식에 들어갔다.

"이동 준비!"

"이도옹~"

그들이 다시 움직였다. 이제 고용된 용병들은 완전히 분리

되어 있었다. 단 몇 시간 만에 가문과 완전히 동떨어진 존재가 된 것이다. 그리고 다시 밤이 되어 숙영지를 꾸리게 되었고, 고용 용병들은 철기대 3조와는 완전히 멀어져 있었다.

"쓰벌, 이제는 신경도 안 쓰네."

"그럼 좋지, 뭐."

용병들은 웃었다. 그리고 그런 상황을 어둠 속에서 지켜보고 있는 이들이 있으니 바로 아론을 비롯한 1전대원들이었다. 아론은 어둠을 뚫고 적 진영을 살펴본 후 고개를 끄덕였다.

"유리와 니콜라이가 잘해줬군."

"저도 놀랐습니다. 단 하루 만에 이렇게 될 줄은 예상하지 못했습니다."

"그만큼 용병들의 불만이 많았다는 말이지."

"이 정도일 줄은 몰랐습니다."

"어쨌든 작전을 시작한다."

"알겠습니다."

"알겠수."

곧바로 얀센과 제라르가 움직였다. 브라이언은 마이크와 함께 유리와 니콜라이가 있는 용병들에게로 향했다. 그들이 어둠 속으로 사라지고 아론의 뒤에는 1전대장인 레이와 30명 정도의 용병만 남았다.

"그럼 시작하지."

"명!"

아론을 선두로 뒤이어 전대원들이 움직였다. 그들은 굳이 자신들의 움직임을 숨기지 않았다. 다만 티를 내지는 않았다. 그런 그들의 움직임은 금방 철기대 3조의 경계병에게 걸려들 수밖에 없었다.

"멍청한 놈들."

3조의 기사들과 가병들은 코웃음 쳤다. 그것은 비웃음이었다. 또한 자존심에 상처를 입었다. 자신들을 얼마나 쉬이 봤으면 저렇게 허술한 작전을 펼친단 말인가?

"가문의 용병들만 함께 출동한다."

"고용 용병들은……."

"흥! 그까짓 놈들은 아무래도 상관없지."

"알겠습니다."

픽턴 3조장은 저들이 결코 본대가 아닐 것이라고 생각했다. 그래서 저들을 적당히 상대한 후 그들을 추격하여 본대를 칠 생각이다. 본대라고 하기에는 인원이 너무 적었기 때문이다. 그래서 단 한 번에 저들을 일망타진할 생각이다.

아론은 적이 보기에 조심스러워하는 듯한 모습으로 움직였다. 그리고 철기대 3조는 너무나도 쉽게 아론의 계략에 걸려들었다. 그들은 어둠 속에서 은신해 있다가 그들이 온 방향을 제외한 세 방향을 에워싸고 기다렸다.

그리고 그들이 중심에 도착했다고 생각했을 때.

"공격하라!"

"와아아!"

"허억! 들켰다!"

어색하지만 연기를 하는 1전대원들. 그리고 그들은 달려오는 3조를 향해 돌격해 몇 번을 부딪쳤고, 도저히 안 되겠다는 듯이 아론이 외쳤다.

"후퇴! 후퇴하라!"

아론의 외침에 전대원들은 어기적거리며 뒤로 물러났다.

"어디를 도망가려 하느냐?"

3조원들이 외쳤다. 하지만 그들의 공격은 그리 강력하지 않았다. 왜냐하면 그들 정찰대가 목표가 아니라 본대가 목표였기 때문에 그들이 후퇴할 수 있도록 여유를 둔 것이다. 이렇게 서로의 목적이 겹쳐지니 1전대의 후퇴는 훨씬 수월해졌다.

아론과 1전대는 빠르게 후퇴했고, 3조와 가병들, 그리고 가문의 용병들은 포위를 풀지 않은 채 그들을 뒤쫓았다. 그리고 어느 정도 거리에 이르렀을 때 어둠 속에서 그들을 노려보는 이들이 있었다.

바로 제라르와 얀센이었다.

"허어, 브라이언 그 양반이 똑똑하긴 한 모양이군. 이렇게 잘 맞아떨어지다니."

그때 소리 없이 어둠을 뚫고 얀센이 움직이는 모습이 보였다. 그들은 어떤 소리도 없이 3조의 가병과 가문 소속 용병들 사이를 가로지르며 양분했다.

"억!"

"저, 적이다!"

그들이 다급하게 외칠 때 제라르가 움직였고, 그는 가병과 기사들 사이를 가로질렀다. 그와 동시에 아론은 지체 없이 반전했다.

"쳐라!"

픽턴 3조장은 놀라지 않을 수 없었다. 갑자기 후미에서 비명 소리가 들려왔기 때문이었다.

자신들이 완벽하게 승리할 수 있다고, 적을 뒤쫓고 있다고 생각했다.

그런데 오히려 자신들이 저들의 손아귀에서 놀아난 꼴이 되었다. 뒤를 바라보니 가문 소속의 용병들은 이미 전멸에 가까운 타격을 입고 있고 가병들 역시 마찬가지였다. 한마디로 순식간에 모든 것이 정리되고 있었다.

그가 잠깐 뒤를 목도한 후 앞으로 고개를 돌렸을 때 아론은 이미 그의 코앞까지 다가와 기이한 양손대검을 휘두르고 있었다. 픽턴 3조장은 본능적으로 검을 들어 아론의 검을 막아내려 했다.

스각!

하지만 이내 그의 단단하고 날카롭기 그지없는 검이 너무나도 허무하게 잘려 나가 버렸다. 그에 픽턴 3조장은 눈을 부릅떴다.

뜨끔!

그의 신형이 움찔거렸다. 그 후 약간의 시간이 지났고, 그의 이마에서부터 목까지 정 가운데로 혈선이 보였다.

그리고.

쩌어억!

반으로 갈라지며 핏물이 사방으로 튀었다. 3조장인 로버트 픽턴은 중급의 실력자였다. 그런 그가 제대로 된 반항조차 해보지 못하고 목숨을 잃었다. 3조원들에게는 도저히 일어날 수 없는 일이었다.

그들에게 있어서 3조장인 로버트 픽턴은 절대적인 존재였기 때문이다. 그러한 그가 이렇게 허무하게 죽는다는 것은 상상조차 할 수 없는 일이었다. 그래서 그들은 공황상태에 빠질 수밖에 없었다.

그리고 그 순간은 1전대원들에게 잘 차려진 밥상과도 같았다.

"크아아악!"

비명을 내지르는 3조의 기사가 있어 그때서야 정신을 차린 그들이다.

"막아! 죽여! 죽이란 말이다!"

픽턴의 부관인 3부조장이 큰 소리로 외쳤다. 비명과 함께 부관이 지른 외침에 정신을 차렸을 때는 이미 절반 이상의 조원이 목숨을 잃은 상태였다. 그들은 어느새 고립되어 버렸다. 제라르와 전대원들의 맹렬한 공격에 수가 조금 적은 가병들의 비명 소리가 야공을 울렸다.

가장 빨리 정리된 것은 바로 기사들이었다. 그것은 바로 아론 때문이었다. 그는 자신의 실력 전부를 드러낼 필요도 없었다.

실력을 전부 드러내지 않는다 하더라도 간단하게 휘두르는 그의 양손대검을 막을 기사는 존재하지 않았다. 그럴 수밖에 없는 것이 그들은 익스퍼트 하급이라 할지라도 그동안 전투에서 패배를 모른 채 지내다 보니 어느새 자신들도 모르게 현실에 안주해 있었다. 그런데 그들을 향해 달려 나가는 전대원들은 그들을 실력으로든 심적으로든 가뿐히 누를 수 있는 상황이었다.

그래서 아론이 반전을 기하자마자 그들은 거의 전멸에 가까운 타격을 입었고, 아론은 그런 상황을 인지하자마자 가병들이 있는 곳으로 난입했다. 얼마 지나지 않아 기사들을 정리한 전대원들이 난입했고, 3백에 이르던 가병들 역시 순식간에 정리되었다.

그들은 항복하라 외치지 않았다. 그 이유는 이들은 골수 칼뤼베이우스 가문의 사람들이었기 때문이다. 심지어는 이들을 따르는 용병들까지도 말이다. 그래서 항복을 권유하지 않은 것이다.

가병들과 용병들은 필사적이었다.

그들의 눈에는 전혀 항복의 의지가 없었고, 오히려 전대원들을 향해 미친 듯이 달려들었다. 이것은 거의 맹목이라 해도 과언이 아닐 정도였다.

콰아아앙!

아론이 일부의 힘을 내보였다. 거대한 폭음이 들리고 멀쩡한 흙바닥에 커다란 구덩이가 파이면서 조각난 파편이 사방으로 튀었다. 그의 한 수에 무려 열 명 이상의 가병이 목숨을 잃었다.

"아, 악마다!"

그랬다.

그는 이 순간 악마였다. 그가 가는 곳에는 수십의 시체가 널렸고, 그 누구도, 어떤 존재도 살아남을 수 없었다. 심지어는 그들이 숨어든 바위조차 가루로 만들어 버렸다. 아무리 그들이 대단한 훈련을 받았다고는 하지만 아론의 강함은 그들이 상상조차 할 수 없는 정도였다.

그 강함이 아군이었다면 모를까, 적이라는 입장이 그들에게 공포를 뇌리에 심어주기 시작했고, 그 공포는 그들의 신체를 잠식하며 행동과 판단을 마비시키기에 이르렀다. 그들의 눈에는 아론만 보였다. 그는 그 누구보다 강했다.

그들이 아론에 집중하고 있을 때 전대원들은 가차 없이 가병들과 용병들의 목을 베어가고 있었다. 그들은 오합지졸이 되어버렸다. 언제나 명령에 의해 움직이던 그들이다. 하지만 지금은 그 어떤 누구도 그들에게 명을 내리는 이가 없었다.

전대원들이 전투에 돌입하는 순간 지휘를 할 수 있는 이들을 제거해 버렸기 때문이었다. 지휘 계통이 무너진 가병들과 용병들은 오합지졸과 전혀 다르지 않았다.

"크아아악!"

"끄억!"

비명 소리가 사방으로 비산했다. 그것을 어둠 속에서 지켜보고 있는 이들이 있었으니 바로 유리, 니콜라이와 합류한 브라이언이었다. 그리고 그 뒤로 고용된 용병들이 있었다. 그들은 경악하고 있었다.

너무나 경악한 나머지 할 말이 없을 정도이다.

"저게… 가능하냐?"

"…가능하니까 저러지 않겠냐?"

"그래도 가문의 기사들이라면서?"

"저들을 훈련시킨 사람이 용병이라잖아."

"저기 저 거침없는 사람이 용병이라고? 기사 아냐?"

"몰라. 저치가 그렇게 말하니까 그런 모양이지."

"저건 대단하다 못해 뭐라고 설명할 수가 없네."

"그렇지? 저런 용병이라니, 듣도 보도 못 했군."

"걸리면 말 그대로 아작 나겠군."

"아작뿐이겠어? 근데 말이지."

"왜?"

"가슴이 시원해지는 건 나 혼자만인가?"

"너도 그러냐?"

그러면서 주변을 둘러보는 용병. 그는 말없이 고개를 끄덕이고는 입을 열었다.

"너하고 나만 그런 것은 아닌 모양이네."

그들은 아론의 강력함에 반했다. 물론 두렵기도 했다. 과연 저 용병이 지금 이 사태의 뒷감당을 할 수 있을지 말이다. 그리고 절반 정도의 용병들은 그 뒷감당에 의문을 품어 현실을 외면했다.

"크으윽!"

그리고 마침내 마지막 가병과 용병이 죽었다. 순식간에 고용 용병들을 제외한 3조의 모든 병력이 전멸했다. 아론은 가볍게 대검에 묻은 피를 털어내고 걸음을 옮겨 용병들이 있는 곳으로 다가왔다.

그에 브라이언이 군례를 올렸다. 그 모습에 용병들이 웅성 거렸다.

"뭐야? 같은 용병 아냐?"

"그, 글쎄?"

대체 무슨 상황인지 몰라 당황하고 있을 때 아론의 입이 열 렸다.

"남을 사람은 남고 갈 사람은 가."

지극히 간단한 말이다. 그 말을 끝으로 아론은 다시 1전대 원들에게 명령했다.

"전장을 정리해."

"명!"

그의 명에 1전대원들이 즉각적으로 움직였다.

"그런데 대단하기는 하다."

"뭐가?"

"어떻게 기사들을 저렇게 다룰 수 있지?"

"그, 그러네."

"기사들이 꼼짝도 못하고 그의 말에 따라 부하처럼 움직이지 않냐."

"대단하네."

"분명 용병이라고 들었는데 어떻게 저럴 수 있지?"

그렇게 호의적인 용병들이 있는가 하면 그 모습을 마치 자신들을 어떻게 해보려는 꼼수로 보는 이들도 있었다.

"흥! 다 수를 쓴 거야, 수를. 기사들이 미쳤다고 용병한테 명령을 받겠어?"

"맞아. 저 새끼, 분명 무슨 꿍꿍이가 있을 거야."

"흥! 나는 이만 가련다. 저런 새끼를 어떻게 믿어?"

일단의 무리가 자리를 이탈했다. 그러거나 말거나 아론과 그를 따르는 용병들은 그저 자신의 할 일을 했다. 너희들에게는 전혀 관심이 없다는 듯이 말이다. 상당한 수의 용병이 빠져나갔고, 그중 4, 50명의 용병들은 이러지도 저러지도 못하고 쭈뼛거리고 있었다.

그중 유리, 니콜라이와 대화를 꽤 한 마이클이 다가와 물었다.

"정말 가도 되우?"

"한번 내뱉은 말은 반드시 지키지라."

"그게 맞거든요. 언제까지 용병들이 양아치로 남아야 하는지 모르겠거든요."

"그야……."

할 말이 없다. 약속을 어기는 용병, 돈에 움직이는 용병, 동네 건달보다 못한 대접을 받는 용병 등 용병들의 성향이 너무 제각각이라 어디가서 제대로 된 대접을 받기가 쉽지 않았다.

기실 떠돌이 용병이라는 말이 나온 이유가 바로 그것 때문이다.

죄를 짓고 도망치다 용병이 되거나 귀족을 죽이고, 혹은 어떤 문제를 일으키고 신분을 속이기 위해 용병이 되거나, 혹은 가문이 멸문당해서 용병이 되는 등 실로 헤아릴 수 없이 많은 이유를 가진 것이 바로 용병들이었다.

그들은 말은 하지 않았지만 자신들도 어딘가에 기댈 수 있는 존재가 있었으면 하는 생각을 가지고 있었다.

'어쩌면 저 사람이지 않을까?'

그중 마이클은 종종 그런 생각을 많이 했기 때문인지 몰라도 부지불식간에 그런 생각을 가졌다.

"내가 저치를 따른다면 뭐 달라지나?"

"임페리움의 용병대가 되는 거거든요."

"용병대는 많아."

"많아도 약속을 지키고 대원의 실력을 키워주는 용병대는 없거든요."

"훈련을 시킨다는 말인가?"

"임페리움의 용병대원이라면 당연한 거거든요."

"그게… 가능한 일인가?"

"임페리움은 가능하지라."

"가입… 하겠소."

"나도."

"나 역시."

마이클을 따라 남은 몇 명의 용병과 아론을 그리 나쁘게 보지 않아 남은 용병들이 아론이 만든 용병대인 임페리움에 가입하기를 원했다. 그러한 그들을 모아 아론이 입을 열었다.

"허드슨의 더글러스를 찾아가."

"그를 찾아서 어떻게 하란 말이오?"

"임페리움에 가입했다고 하면 숙식을 제공할 게다."

"그 말이 정말이오?"

"거짓말 같나?"

"아, 아니오."

"그리고 거기에는 기존에 임페리움에 가입한 용병들이 있을 거다."

"그들과 어울리라는 말이오?"

"어울리고 싶으면 그래도 되고. 단, 문제를 일으키진 말아라. 텃세는 없을 거다."

"알겠소."

그들을 그렇게 허드슨으로 보내고 아론은 통신구를 찾았다.

"여기 있습니다."

전대원 한 명이 다가와 통신구를 내놓자 아론은 통신을 시도했다. 그리고 얼마 지나지 않아 허공에 맺힌 영상에 길버트의 모습이 보였다.

"괜찮나?"

"안 괜찮을 것도 없지. 방심하고 나를 얕본 놈들이 어디 제대로 대항이라도 하겠는가?"

"그건 그렇지."

"그럼 이제 남은 것은 스톰시티에 있는 잔당이겠군."

"글쎄, 내 생각엔 모두 스톰시티에 있지는 않을 것 같군."

"생각이 있는 놈이라면 추가 인원을 보냈겠지."

"그놈들 먼저 처리해야 하지 않을까?"

"그래야겠지. 그들을 없애고 스톰시티의 잔당들을 압박해야겠지."

"철기대주라면 그리 쉽지는 않을 게야."

"제거하자는 게 아니지. 이 정도의 피해를 입혔으면 적당히 마무리해야 해. 안 그러면 저들은 악독하게 물고 늘어질 게야. 그러면 플람베르 가문에나 자네에게 별로 좋지 않은 영향을 끼칠 테니까."

"흐음. 그렇다면 적당히 인원을 줄이고 포로로 잡아야겠군."

"그래야겠지."

"더 어렵게 됐군."

"하지만 해야 해. 그래야 기반을 잡을 수 있어."

"알겠네. 그럼 수고하게."

"자네도."

통신을 끝내고 통신구를 넘겨주는 아론. 그의 곁으로 용병들과 1전대장이 모여들었다.

"이번에는 생포입니까?"

"그래."

"흐음, 조금 힘들겠수."

"쉬우면 머리를 쓸 이유가 없지."

"뭐 그렇기는 합니다만."

"다들 그 정도 실력은 되잖아? 고작해야 익스퍼트 하급이나 중급에 이른 이들을 두고 다치거나 죽을 일도 없고."

"그야 그렇수만."

"그럼 작전을 짜 봐."

"작전이랄 것이 뭐 있겠수?"

"하긴 뭐 별거 없겠지?"

"이럴 때는 그냥 패면 되유."

이런 거 저런 거 생각할 필요 없다는 제라르의 말에 아론은 고개를 끄덕이더니 이내 입을 열었다.

"여전히 이번 작전과 같이 유리와 니콜라이를 투입시키고 용병들을 분리시키도록 해."

"거 재미있을 것 같은데, 나도 함께 가면 안 됩니까?"

그때 마이크가 같이 가기를 원했다.

"상관없지."

"고맙소."

히죽 웃는 마이크.

"그건 그렇고, 그들이 어디쯤 왔을 것 같은가?"

"굳이 찾아갈 필요가 있겠습니까?"

"흠, 역시 그들의 최종 목적지는 바로 이곳이겠지."

"아마도 속도를 조금 더 올릴 겁니다."

"그렇겠지. 통신이 안 될 테니까."

"우리가 더 위험해진다는 거요?"

마이크가 인상을 쓰며 물었다.

"아무래도 그러지 않을까 하네."

브라이언이 그의 물음에 친절하게 답을 해줬다. 그에 인상을 쓸 줄 알았던 마이크는 오히려 슬쩍 입꼬리를 말아 올리며 만족한 듯 웃었다.

"그럼 지금 당장 가야 하는 거 아니오?"

"글쎄, 그럴 틈이 있을까?"

"중요한 건 그들은 이놈들이 어떻게 당했는지 모른다는 거요. 그렇다고 용병들이 서로 연락했을 리도 없고 말이오. 경각심은 가지겠지만 용병에 대한 생각과 대우는 여전하다는 것 아니겠소."

"오~ 마이크, 머리 좀 쓰는데?"

"내 머리가 무슨 장식용인 줄 아쇼."

"장식용이 아니니까 그런 생각을 하지."

"역시 그렇소?"

브라이언의 말에 기분이 좋아진 마이크가 헤실거리며 웃었다.

"그럼 바로 출발하게."

"알겠소. 가자."

브라이언을 제외하고 마이크가 가장 연장자이다 보니 네 명의 용병 사이에서는 서열 2위에 올라 있었다. 제라르나 얀센을 제외하고 그들 사이는 수직적인 관계가 아닌 그저 수평적으로 형님, 동생 하는 사이였다.

물론 아론을 제외한 모두가 사적인 자리에서는 그저 형님, 동생일 뿐이다. 공적인 자리에서나 원래의 말투를 버리지 못하고 툴툴거리기는 했지만 여전히 그들의 관계는 견고했다. 마이크가 유리, 니콜라이와 함께 빠르게 자리를 벗어나 그 모습이 보이지 않자 아론이 물었다.

"이제 어떻게 해야 할까?"

이미 아론은 그 답을 알고 있었다. 단지 엄연히 존재하는 작전과를 담당한 브라이언의 위신을 세워주기 위함이었다. 그것을 모를 리 없는 제라르와 얀센, 그리고 브라이언이다.

"함정을 파서 포위해야 합니다."

"그리고?"

"압도적인 힘으로 전의를 상실케 해야지요."

"용병들은 덤이고."

"맞습니다."

"그럼 내가 미끼가 되어야겠군."

"죄송합니다."

"죄송할 것은 없지."

그래도 브라이언의 얼굴은 변하지 않았다. 아론 말고도 나설 이는 많았다. 이미 마스터에 올라 있는 제라르와 얀센이 있었고, 최상급에 올라 있는 레이 1전대장과 자신도 있었다.

그들이 아무리 수가 많고 실력이 뛰어나다 해도 전대원들보다 강한 이는 없을 것이다. 그것은 확신이었다. 칼뤼베이우스 가문의 철기대가 대단하기는 하지만 8철좌에 올라 있는 철기대가 다른 흑철 기사대보다 강할 이유는 없었다.

실력이 비슷하다고는 하나 분명히 그 차등은 존재했다. 그리고 대외적인 활동이 많은 5에서 8철좌까지의 실력은 이미 철저하게 분석하고 있었다. 그리고 각 철좌는 1백의 기사가 배속되어 있는데 각 철좌마다 열 개 조가 있어 한 개 조에 겨우 열 명의 기사만 존재했다.

지금까지는 전혀 문제가 없었다. 그 이유는 그 열 명의 기사만으로도 충분히 그들은 무적이었기 때문이다. 그런데 그 충분하다 못해 넘치는 자신감이 플람베르 가문의 특무대를 만나서는 여지없이 무너지고 있었다.

브라이언은 그런 철기대의 약점을 너무나도 잘 파악하고 있었다. 특히나 칼뤼베이우스 가문이라면 더욱더 이를 갈고 있었다. 그의 정식 풀 네임에서 들 수 있는데 바로 그의 풀 네임이 브라이언 펠마스 폰 크라이머이기 때문이었다.

그리고 펠마스 가문은 과거 30년 전 반역에 가담했다는 이유로 멸문을 당했고, 그 이유가 당시 아메리고 제국에서 세력을 확장하고 있던 칼뤼베이우스 가문에 적대적인 대응을 보였던 펠마스 가문이었기 때문이었다.

그 이후 그는 집요한 칼뤼베이우스 가문의 추적을 뿌리치기 위해 전쟁 용병으로 살아왔다. 그러면서 언젠가는 기회가 있을 것이라 생각하여 철저하게 칼뤼베이우스 가문을 분석했다. 그리고 복수를 포기할 때 즈음 아론을 만나게 되었고, 지금에 이르렀다.

그 덕분에 브라이언은 칼뤼베이우스 가문의 약점을 지독할 정도로 물고 늘어지고 있었다.

"그럼 이번에는 수를 좀 늘려 절반 정도로 해야겠군."

"아닙니다. 이번에도 특무대 인원 중 3분의 1로 하는 게 낫습니다."

"우리를 얕보게 할 생각이로군."

"그들은 여전히 우리에 대해 잘 모르기 때문입니다. 이번 철기대 3조와 같이 그들 역시 대주께서 미끼이고 본대는 따로 있을 것이라 판단할 겁니다."

"그렇군. 그들은 통신으로 우리에 대해 보고하지 못했겠군. 그럴 만한 시간이 없었으니까 말이지."

"그렇습니다. 그들이 아는 것이라고는 특무대의 대주가 대공자인 길버트 플람베르 님이라는 것과 대공자가 특무대라는, 2백이 조금 넘는 인원을 휘하에 거느리고 있으며, 그들은 가문에서 버림받은 자라는 공통된 정보만 가지고 있을 겁니다."

이미 아론과 브라이언은 이미 플람베르 가문 내에서 칼뤼베이우스 가문과 연결된 사람이 있거나 혹은 간자들이 숨어 있어서 플람베르 가문의 일반적인 사항 정도는 여과 없이 있는 그대로 칼뤼베이우스 가문에 전달되고 있다는 것을 상정하고 있었다.

하지만 아무리 그렇다 하더라도 플람베르 가문의 상층부나 혹은 조직 내의 실력까지 세세히 알 정도는 아니었다. 그 말은 정보가 부족하다는 것을 의미했다. 전투에 있어서 정보가 부족하다는 것은 결국 아무것도 모른 상태에서 전투에 임하는 것과 다르지 않았다.

그러할 경우 아군의 전력이 적의 전력보다 압도적이어서 그 어떤 정보에도 흔들리지 않는다면 큰 문제가 되지 않는다. 하지만 지금처럼 그렇지 않을 경우는 문제가 된다. 적은 아군에 대해서 전혀 모르고 있고 압도적이지도 않았다.

승부는 보지 않아도 알 수 있었다.

"그럼 그렇게 하지. 그럼 난 여기서 편히 쉬고 있으면 되겠군. 다들 숨어서 고생하라고."

"아니, 벌써 매복하라는 말이유?"

"알지? 익스퍼트에 오른 기사들은 주변 환경에 민감한 것을 말이다."

"그야 그렇수만."

"거기다 보니까 조장급은 보통 중급 정도의 실력자인 듯한데 머리가 홱 돌아서 맹목적으로 달려들지 않는 한 어느 정도 눈치를 채겠지."

"그……."

할 말이 없는 제라르이다. 익스퍼트에 오른 기사의 기감은 상상을 초월한다. 그래서 익스퍼트에 오른 기사들이 전략적인 무기로 칭하게 되고 또한 기사들이 기를 쓰고 익스퍼트에 오르려 하는 것이다.

보통 익스퍼트에 오른 하급의 기사라 할지라도 십 년 넘게 검을 잡은 숙련된 기사 열 명 정도는 가볍게 제압한다.

한 명의 기사가 일반 정규 병사 열 명을 감당할 수 있다고 보면 익스퍼트의 기사 한 명은 일반 정규 병사 백 명을 감당할 수 있다는 말이 된다. 그래서 소드 마스터가 일인 군단이라 일컬어지는 것이다.

그런 그들인데 냉정한 상태에서 주변의 변화를 인지하지 못할 리는 없다는 것이다.

"알았수, 알았어. 자, 가자구."

제라르는 포기했다는 듯이 손을 저으며 자신과 함께한 전대원들에게 외쳤다. 그러다 얼굴이 샐쭉해졌다. 얀센이 이미 저만큼 사라져 가고 있었기 때문이다.

"눈치하고는……."

"예?"

"아니다. 빨리 가지."

그의 옆에 있던 전대원이 무슨 말인지 몰라 되묻자 제라르는 고개를 젓고 헛기침을 한 후 바로 이동하기 시작했다. 그동안 레이는 재빠르게 움직여 숙영지를 편성하고 있었다. 이상하게 전대원들의 눈치가 점점 늘어가는 것 같은 느낌이었다.

*　　　　*　　　　*

"서두른다!"

"명!"

티베스 산으로 향하고 있는 3개 조의 선임조장을 맡고 있는 압둘 바시어가 외치자 3개 조의 철기대는 더욱 빠르게 이동하기 시작했다.

"어매~ 씨벌. 허파 터지긋네."

철기대의 맨 꽁무니를 따라가는 용병들 중 한 명이 헐떡이며 내뱉었다.

"어따~ 저 새끼들, 겁나게 잘 뛰네. 밥 처먹고 뛰기만 했나. 후엌!"

"배식 차이 나는 거 못 봤냐? 저 새끼들, 삼시 세 끼 고기 묵드라."

"아이고매, 어쩐지 똥 냄새 징그럽게 독하다 했다."

"니… 후욱… 들은… 허억… 마, 말이라도… 헤엑… 하지."

"어따, 영감, 뒤지것소. 숨이나 쉬쇼."

"마, 말 시키지… 마라."

힘들게 달리는 와중에도 그들은 그렇게 서로를 도와주고 있었다.

"그거 이리 주쇼."

그때 누군가 힘들어하는 용병을 보며 불쑥 말을 건넸다. 그에 땀을 비 오듯 흘리며 헐떡이던 용병이 의문을 담고 그를 바라봤다.

"가지고 안 튈 테니 그거 이리 주쇼. 무거워 보이는구만."

"당신도… 들고… 있지 않소. 후욱!"

"그래도 내가 좀 젊지 않소. 그리고 말 놓으슈. 나이도 많은 영감이."

용병의 말에 피식 웃더니 들고 있던 짐을 넘기는 용병.

"이름이 뭐냐?"

"마이크요."

"못 보던 얼굴이네?"

"아따, 여기 있는 5백 명 얼굴을 다 아슈?"

"그냥 그렇다는 게지. 어이고, 좀 편하네."

"나이 들어 손주나 보지 뭐 하러 왔수?"

"손주 보면 돈 안 든다던?"

"하긴 그렇수만."

"저놈들하고 아는 사이냐?"

이제 많이 안정이 되었는지 슬쩍 주변을 보더니 유리와 니콜라이를 보며 물었다. 그런 이유는 그들 역시 마이크처럼 힘들어하는 늙은 용병의 짐을 들어주고 있었기 때문이다.

"아는 동생들이우."

"허참, 요즘 보기 드문 용병이로구만."

"몰라서 그렇지 이런 용병 많수."

"그래? 그런데 난 왜……."

하더니 입을 닫았다. 마이크와 유리, 그리고 니콜라이가 하는 것을 흘깃흘깃 보던 몇몇 젊은 용병들이 힘들어하는 용병들의 짐을 들어주고 있었기 때문이다.

"그렇군. 많군."

"그렇다니까. 근데 공격하러 가는데 왜 이렇게 짐을 바리바리 싸들고 가는 거요?"

"자네, 이런 싸움 처음인가?"

"전방에서 전쟁 용병만 했수."

"그럼 편히 쉬고 싶을 텐데?"

"배운 게 도둑질이라고, 어디 그게 쉽수?"

"하긴 뭐. 어쨌든 전방의 전쟁 용병은 어떨지 몰라도 이곳은 이렇다네. 고용된 용병들은 모두 자기 자신의 물건과 무기는 스스로 챙겨야 할 몫이지."

"이래 가지고 싸움이라도 하겠수?"

"어차피 미낀데 뭐 어떤가?"

"죽을 수도 있잖수."

"고용 용병이 그런 걸 어찌 따지누. 하루 이틀도 아니고."

"그건 그렇소만, 그래도 좀 바뀌어야 하지 않겠수?"

"어떻게?"

"그야……."

"용병대나 용병단이나 다 거기서 거기 아니겠나? 귀족 가문이나 기사 가문에 붙어서 알랑방귀 뀌기 바쁘니까."

"근데 저치들은 뭐유?"

그중 같은 고용 용병이면서도 다른 용병들과는 다르게 무리를 이루고 있는 이들이 있었다.

"아! 저치들은 구슨 용병대라고 80명 정도 된다네."

"그래서 저렇게 따로 떨어져 있는 거구만?"

"아니, 대체 언제 합류했는데 그걸 모르나?"

"중간에 합류해서 말이우."

"그런가? 뭐 그럴 수도 있겠군."

늙은 용병은 별 의심을 하지 않았다. 그도 그럴 것이, 아무도 들어주지 않던 무거운 짐을 들어주는 고마운 후배 용병이 아닌가?

그 친절함이 고맙기도 하고 선배 용병을 알아주는 것이 기특하기도 한데 굳이 파고들어서 뭘 하겠는가?

"휴시익!"

그때 앞에서 들려오는 소리.

"후-우!"

그 말이 들려오자마자 자리에 철퍼덕 주저앉은 늙은 용병. 그 용병뿐만이 아니었다. 대부분의 용병 모두가 거친 숨을 내쉬며 자리에 앉았다. 땀범벅이 된 용병들. 마이크는 주변을 슬쩍 둘러본 후 한 용병을 불렀다.

"어이, 이리 와봐."

그에 그가 가리킨 용병이 주변을 둘러봤다. 상당히 힘 좀 쓸 법한 그 용병이 주변을 두리번거리자 마이크가 다시 말했다.

"너 말이야, 너."

"나?"

"그래, 너."

"이런 쓰벌. 내가 니 부하냐?"

"새끼, 귀엽게 노네. 니가 내 부하는 아니지만 내가 니 선배인 것은 확실하지 않냐?"

"이런 썅!"

화가 나서 일어나려는 찰나 그 젊은 용병은 움찔하곤 굳어졌다. 분명 조금 먼 거리에서 앉아 있던 마이크다. 그런데 어느새 다가왔는지 자신의 목에 서늘한 감각을 느낄 수 있었다. 그리고 그 서늘함의 원인이 검이라는 것을 알 수 있었다.

"꿀꺽!"

CHAPTER 3
흡수

젊은 용병은 마른침을 삼켰다. 그가 서서히 눈을 깔아 자신의 목을 바라봤을 때 마이크는 무슨 마술이라도 부리듯 검을 집어넣고 손끝으로 젊은 용병의 목울대를 겨누고 있었다.

"어⋯⋯."

"이제 좀 선배처럼 보이냐?"

"그⋯⋯."

얼어버린 젊은 용병은 말을 할 수 없었다. 그런 그를 보며 피식 웃은 마이크는 그의 곁에 주저앉으며 말했다.

"너 체력 좋다?"

"어… 그야 뭐……."

"있다가 뛸 때 옆에 힘들어하는 선배 용병 짐이나 들어줘라."

"내가 왜……."

"젊잖아."

"그……."

"왜, 싫어?"

마이크의 얼굴이 차가워졌다. 그에 젊은 용병은 다급하게 입을 열었다.

"아, 아니오."

"그래, 그래야지. 그리고 말이다."

"무, 무슨 할 말씀이라도……."

"있다 뛸 때 코로 숨을 들이쉬고 입으로 강하게 내뱉어라. 목이 타면 입술 끝을 천장에 붙이고 뛰어."

"왜?"

"하라면 좀 해라. 선배가 후배 죽으라고 하겠냐?"

"그야 뭐……."

"새끼, 의심은 많아서. 괜찮아. 안 죽어. 해봐."

"아, 알았소."

그 말을 들은 마이크는 다시 늙은 용병 곁으로 다가왔다.

"어우~ 자네 꽤 하는구만."

"그 정도가 꽤 하는 거요?"

그때 그들의 곁으로 그림자가 드리워졌다. 마이크가 슬쩍 고개를 들어 그림자를 만든 이를 바라봤다.

"뭐유?"

"실력 잘 봤네."

"뭐 실력이랄 것도 없지."

"그런가? 어쨌든 못 보던 얼굴인데?"

"거참, 꼭 얼굴 다 아는 것처럼 말하는구만."

"그건 아니지. 혹시 가입한 용병대 있나?"

"없수."

"우리 용병대에 들어올 생각 없나?"

용병의 말에 고개를 살짝 빼 용병들과 경계를 긋고 있는 용병대를 바라봤다. 이어 마이크는 고개를 저으며 말했다.

"당신 용병대는 뭐가 다른가?"

"어중이떠중이보다 실력이 좋지."

"내가 보기엔 그저 그런데?"

"당신 정도의 실력이라면 그런 말 할 자격이 있긴 하지만 너무 무시하지는 말았으면 좋겠군."

"안 들어가."

"그런가? 아쉽군."

그러면서 돌아서는 용병. 그의 뒤에 대고 마이크가 말했다.

"용병대가 무슨 감튼가?"

그에 용병이 걸음을 멈췄다. 그러더니 돌아서서 마이크를 쏘아보며 말했다.

"지금 뭐라고 했나?"

"용병대가 무슨 감투냐고 했어."

"그게 무슨 뜻이지?"

"말 그대로야. 무슨 감투이기에 용병들과 거리를 두냐는 말이지. 너희들은 용병 아닌가?"

"이런 어중이떠중이들과 비교하지 말지?"

"어중이떠중이? 허 참, 너나 저기 가문 소속의 용병이나 저기 가병들과 다른 게 뭐가 있지? 같은 용병이면서 선을 긋는 건 뭔데? 너희들은 다르다는 건가? 내가 보기엔 허풍 든 실력 없는 것들밖에 없는데."

마이크의 직설적인 말에 용병의 얼굴이 꿈틀거렸다. 그 모습에 마이크는 재미있다는 듯이 웃으며 말했다.

"왜, 화나나? 강자에게 약하고 약자에게 강하게 나가는 것이 너희 용병대의 수칙인가 보지?"

"그건……."

용병은 말을 하지 못했다. 아픈 곳을 건드렸기 때문이다. 그때 큰 체구를 자랑하는 용병이 앞으로 나서며 입을 열었다.

"젊은 친구가 입이 험하군."

"내가 젊어 보여? 하긴 내가 젊어 보이긴 하지."

마이크의 말에 한 덩치 하는 용병이 멈칫했다. 분명 마이크는 20대 중후반 정도의 얼굴이다. 그런데 그 말하는 품새나 여유를 보고 있자니 적어도 4, 50대의 닳고 닳은 용병 같지 않은가?

"아이고, 마이크 형님, 젊어 보이믄 좋지라."

"나도 젊어 보이고 싶거든요."

"너희들도 젊어 보이지. 모르는 놈들이 보면 너희들은 20대 중반으로 보일걸?"

"그럼 형님보다 조금 손해가 아닌가 하지라."

"인마, 그전에도 내가 너희들보다 더 젊어 보였어."

그런 세 명의 투닥거림에 커다란 체구를 가진 용병이 인상을 잔뜩 찌푸리며 대검의 손잡이를 잡아갔다. 하지만 그는 대검을 뽑아 들지 못했다. 어느새 니콜라이가 방패로 검병의 끝을 지그시 누르고 있었기 때문이다.

그는 히죽 웃으며 입을 열었다.

"뽑히면 넌 죽는 거거든요."

커다란 체구의 용병이나 함께 와서 마이크에게 가입을 권유하던 용병은 등골이 서늘해짐을 느꼈다.

'보지도 못했다.'

'우리 상대가 아니다.'

본능이 그렇게 말하고 있었다. 그들은 마른침을 삼키며 눈을 내리깔았다. 그런 그들을 보며 어깨를 툭툭 치는 이가 있었으니 바로 니콜라이였다.

"용병은 용병다워야 하거든요. 용병이 기사를 따라가고 권력을 탐해서는 안 되거든요. 돈에 팔려 다니기는 해도 용병은 용병만의 법이 있는 거거든요."

"그……."

"그리고 저렇게 따로 모여 있다고 해서 용병대의 지위가 올라가는 건 아닌 거거든요. 먼저 자신이 용납해야 하고, 용병들로부터 인정을 받아야 하는 거거든요. 인정이라는 것은 강압하고 짓누른다고 해서 인정받는 것이 아니거든요."

"마음을 얻지 못하면 아무것도 아닌 것이지라."

끄덕.

두 용병은 말없이 고개를 끄덕이곤 본래의 자리로 돌아갔다. 그 모습을 용병들은 하나도 빠짐없이 보고 있었다. '우리는 너희들과 달라'라는 듯이 따로 무리를 짓고 있던 용병들은 은근슬쩍 그 간격을 좁히고 용병들과 섞이기 시작했다.

"대단하구만."

"뭐가 말이우?"

"자네들 말이네."

"뭐, 내가 좀 대단하긴 하우."

마이크의 말에 피식 웃어 보인 늙은 용병이 다시 입을 열었다.

"자네 같은 사람이 용병대를 만들어야 하는데 말이지."

"내가 만든다고 달라질 것이 있수?"

"달라지지. 원래 변화란 작은 것에서부터 시작하는 법이라네."

"어허허, 뭔지 모르지만 굉장히 현기가 깃든 말인 것 같수."

"경험이지. 뭐, 변화라는 것이 결코 삑적지근하거나 대단하다고 느껴지는 것부터 일어나지는 않더군. 아주 작고 사소한 것부터 변화해서 그것이 나중에는 걷잡을 수 없을 정도로 커지더군."

"그럼 내가 길드를 만들면 가입할 거유?"

"나 같은 늙은 용병을 받아만 준다면."

"실은 말이우, 내가 아는 형님이 있수. 그 형님이 이번 참에 용병대를 만들었는데 거기 들어갈까 고민하는 중이우."

"자네가 형님이라고 부를 정도의 사람이라면 뛰어난 사람이겠군."

"뛰어나다 뿐이오? 그 형님은 나를 지금 이렇게 되게 만든 장본인이니 나에게는 생명의 은인, 혹은 부모를 뛰어넘는 사람 아니겠수."

"오호, 실로 대단하군. 근데 왜 가입하지 않았나?"

"혼자 가긴 그래서 말이우."

"자네 동생들도 있잖은가?"

"그 형님도 이제 시작이잖수. 시작인데 양아치 같은 놈들을 데리고 갈 수는 없지 않수."

"그도 그렇구먼."

그때 그들의 대화를 가로막는 소리가 있었다.

"기사아앙!"

"출발한다!"

그 말에 용병들은 얼굴을 구기고 투덜거리며 자리에서 일어났다. 몇 명의 용병은 늙은 용병, 혹은 체력이 약한 용병의 무거운 짐을 들어주고 있다. 어느새 그 무거운 짐을 진 용병들은 마이크의 뒤에 서 있었다.

자연스럽게 그만의 세력이 되고 있는 것이다. 강요하지 않았음에도 불구하고 말이다. 그에 늙은 용병은 흘깃 마이크를 봤다.

"그렇게 보지 마슈. 사팔이 되겠수."

"커흠, 흠흠. 그나저나 이번에는 어떨는지 모르겠네."

"뭐가 말이우?"

"플람베르 가문하고 말이네."

"흐음."

늙은 용병의 말에 잠시 생각에 잠기는 듯하더니 마이크가 입을 열었다.

"내가 중간에 들어왔잖수."

"그랬지."

"중간에 합류하면서 들은 소문이 있는데 말이유."

"무슨 소문?"

확실히 마이크의 말이 타당했다. 중간에 들어왔다면 분명 세간에 알려진 풍문을 들었을지도 모른다. 그에 늙은 용병과 주변의 용병들이 마이크의 말에 귀를 기울였다.

"3조하고 9조, 그리고 10조가 모두 당했다는 말이 있수."

"그게 무슨 말인가?"

"무슨 말이긴, 모두 전멸했다는 말이지 뭐겠수."

"어떻게 그럴 수 있지?"

"뭐 방심했거나 그런 거 아니겠수?"

"그래도 그렇지, 칼뤼베이우스 가문의 철기대네. 철기대가 그리 쉽게 전멸할 실력이 아니란 말일세."

"낸들 아우? 그런 소문이 도는 걸 어쩌란 말이우."

"그런데 용병들은 어떻게 됐다고 합디까?"

"아! 뭐 가문 소속을 제외하고는 전부 살았다고 합디다. 중간에 그중 한 명을 만나게 됐는데 '갈 사람은 가고 남을 사람은 남으라'고 했답디다."

"허어, 거참, 보기 드문 대인배로군."

"뭐, 쓸모없기 때문에 그런 것 아니겠습니까?"

"그건 우리도 마찬가지 아닌가? 그런대도 고용한 이유는 바로 미끼나 화살받이로 사용하기 위해 그런 것 아닌가?"

"그야……."

"만약 그들도 그럴 작정이었으면 포로로 잡았겠지."

마이크의 말에 안색을 굳히며 고개를 주억거리는 용병들이다. 전방에서 전쟁 용병으로 살아가는 용병들은 어떨지 모르나 지금 후방에서 고용된 용병들의 처우는 그랬다. 물론 용병대에 가입된 용병들은 조금 다를지 모르지만 기본 인식은 별로 변하지 않았다.

"거기도 고용된 용병이 있나?"

"있다고 하우."

"허어, 이번에 살아남는다면 그곳으로 가고 싶군."

"거기 있는 용병이 바로 내가 형님이라고 말하는 분이우."

"뭐? 그런데 왜?"

그에 마이크는 어깨를 으쓱해 보이며 아무렇지도 않다는 듯이 말했다.

"첩자요."

"……."

그의 말에 다들 멍한 표정으로 그를 바라봤다.

"푸크큭!"

"캑캑!"

그러다 힘들게 달리는 것도 잊고 웃기 시작했다.

"아이고, 참 오랜만에 편하게 웃어보는군."

그들은 마이크의 말을 농담으로 알아들었다. 어느 첩자가 버젓이 자신이 첩자라고 말하겠는가?

그들은 그가 이곳에 온 이유가 어쩌다 보니 그렇게 되었다고 생각하게 되었다.

"아니, 내가 첩자라니까."

"그래, 알았네, 알았어. 어쨌든 자네 형님, 참 대단하군."

"아무렴. 누구 형님인데 말이우. 그건 그렇고, 서서히 속도를 줄입시다."

"무슨 소리를 하는 건가? 그러다 걸리면 치도곤을 당할 텐데."

"그놈들은 우리를 신경 쓸 겨를도 없을 거유."

"아니, 그걸 어떻게……."

"내가 말했잖수. 나 첩자라고."

"허어, 그놈의 첩자라는 말은 참……."

"거참, 안 믿네."

그러면서 그는 서서히 속도를 줄여갔다. 그에 고용 용병들 역시도 서서히 속도를 줄이고 있다. 심지어는 구슨 용병대도 말이다. 어느새 그들은 마이크를 중심으로 움직이고 있었다. 그리고 마이크의 말대로 1, 2, 5조는 빠르게 앞으로 내달리고 있었다.

"전방에 적입니다."

"인원은?"

"20명 정도입니다."

"정찰대인가?"

"그렇게 판단됩니다."

"주변 상황은?"

"오로지 그들만 존재할 뿐입니다."

"담이 크군. 적지에서 불을 피우다니."

"아군이 적의 예상보다 빨리 이동했기 때문일 것입니다."

"하긴 그럴 만도 하군."

"포위한다. 2조 좌측으로, 5조 우측으로, 후미는 비우고 몇 명의 정찰대원을 살려 보낸다."

"저기……."

그때 2조장인 안토니오 세자로가 조심스럽게 입을 열었다.

"뭔가?"

"이상하지 않습니까?"

"이상하다?"

"그렇습니다."

"무엇이?"

"3조가 어떻게 되었는지 모릅니다. 그런데 3조와 만났어야 할 저들이 이곳에 나타난 것이 말입니다."

"서로 길이 엇갈릴 수도 있지."

"그렇다고 하기에는 너무 석연찮은 점이 많습니다."

"뭐가 말인가?"

"일단 통신이 두절된 것입니다."

"통신 두절이란 언제든지 있을 수 있다. 광범위하게 마나 방해 스크롤이 있다면 충분히 가능한 일 아닌가?"

"그도 그렇습니다만 과연 플람베르 가문에서 그것을 지원했겠습니까?"

"아무리 이러니저러니 해도 플람베르 가문의 대공자다. 만약 충분한 지원이 없어 그가 이곳에서 죽는다면 지원을 반대한 이들은 그 책임에서 결코 벗어날 수 없을 것이다."

세자로 2조장의 의구심에 가볍게 대꾸하는 바시어 선임조장이다.

"하면 그들과 길이 엇갈렸다는 것은……"

"그건… 조금 문제로군."

"바로 그겁니다. 너무 허술합니다."

"저게 함정이라는 말인가?"

"우리의 시선을 돌리려는 목적이 아닐까 합니다."

"우리의 시선을 돌린다?"

"적은 병력을 나눴을지도 모릅니다."

"병력을 나눈다 함은 타베스 산과 티말 산에 동시에 진입했다는 말인가?"

"그렇습니다."

"정보로는 그들은 대동한 가병이나 용병이 없다. 그렇다면 각 방향으로 고작 1백 명 안팎이라 할 수 있지. 그것이 가능하다고 보는가?"

"그렇기 때문에 시선을 돌리려 하는 것이 아닌지 모릅니다."

"수가 적기에 우리를 분산시키려 한다 이건가?"

"그렇습니다."

확실히 틀린 말은 아니었다.

바시어 선임조장은 멀리 아직 자신들의 존재를 눈치채지 못하고 있는 정찰대로 예상되는 인원을 바라봤다. 저들을 쳐야 할지 말아야 할지 정해야만 했다. 세자로 2조장의 말대로 분명 함정일 것이다.

그 함정이라는 것이 자신들의 병력을 분산시키기 위한 것임에 확실해 보였다.

'그렇다면 어떻게 해야 할까? 병력을 분산시켜야 할까? 적의 수작에 넘어가지 않고 하나로 뭉쳐 빠르게 돌파하는 것이 가장 현명한 방법이다. 저들이 통신조차 할 시간을 주지 않으면 된다.'

마침내 바시어 선임조장은 결심했다.

"기사와 가병만 움직인다. 세자로 2조장은 좌측으로 이동하고, 루드 5조장은 우측으로 이동한다. 가장 먼저 적 통신병을 제거하고 단 한 놈도 빠져나갈 수 없게 한다. 이상."

나직하지만 힘차게 명을 내린 바시어 선임조장의 말이 끝나자마자 그들은 소리 없이 움직였다. 아무리 자신만만하다고 해도 적을 앞두고 소리를 낼 정도는 절대 아니었다. 오히려 그들의 움직임은 지극히 신속하고 은밀했다.

그때 제라르가 있는 곳으로 루드 5조장이 이끄는 5조원들이 움직여 갔다. 그리고 제라르는 처음부터 그 모습을 숨어서 지켜보고 있었다.

'이거 재밌어지는데?'

브라이언이 예측하기로는 한데 뭉쳐 아론 형님을 쫓아야 한다. 한데 세 개 조로 나뉘어 진격하고 있다. 큰 틀에서는 브라이언의 예측을 벗어나지 않았다. 어쨌든 아론 형님이 있는 병력을 치기 위해 포위하는 형국이니까 말이다.

'상황이 더 쉬워진 건가?'

다른 이들이었다면 압도적인 적 병력에 오히려 상황이 더 어려워졌다고 생각할지도 모른다. 하지만 한데 뭉쳐 있지 않고 세 개로 나눠졌으니 확실히 힘이 3분의 1로 줄었다고 해도 과언이 아니긴 했다.

물론 그것은 제라르의 지극히 주관적인 생각일 뿐이다.

"어떻게 해야 할까."

나직하게 중얼거리는 제라르.

"뭘 말입니까?"

"이쪽으로 오는 놈들 말이다."

"잡아야지 뭘 어떻게 합니까?"

그 말에 제라르는 슬쩍 그를 바라봤다.

"틀린 말 아니잖습니까?"

"살아남을 자신 있나?"

제라르의 물음에 전대원이 씨익 웃었다.

"자신 없으면 특무대에 남지도 않았습니다."

"그래도 가병이 1천이고 기사가 열 명이다."

"기사야 교관님이 잡아두면 될 것이고, 아무리 가병이 많다 해도 고작해야 1천입니다. 마나도 다루지 못하는 가병을 상대로 생채기가 난다는 것은 특무대원으로서 치욕입니다."

"그 자존심은 가상하다만 쪽수에는 장사 없는 법이다."

"교관님이 우릴 그게 가능한 괴물로 만들었으니 상관없습니다. 아마 가병이 1만 정도라면 조금 어려울 수도 있겠지만 제라르 교관님을 따르는 익스퍼트만 75명입니다."

"뭐 그렇군. 그럼 조그만 생채기라도 나면 알지?"

"뭘 말입니까?"

"돌아가서 특훈이라는 거."

제라르의 말에 그의 말을 받은 특무대의 기사들은 몸을 가늘게 부르르 떨었다. 평소의 일반적인 훈련 역시도 여느 기사단이면 치를 떨 정도로 강하기 그지없는데, 특훈이라 이름 붙은 훈련은 대체 어느 정도일지 가늠조차 안 됐기 때문이기도 했다.

"알겠습니다."

"그래, 그럼 출발해. 동시에 친다."

"명!"

그것은 얀센이나 아론 역시 다르지 않았다. 어쩌면 아론을 따르는 전대원의 수가 30명으로 가장 적은 수였지만 1전대원 중 가장 강력한 인원일지도 모른다. 특히 레이 1전대장은 어느새 최상급에 이르렀다.

"기사와 가병들의 연결고리를 끊고 가병을 담당한다."

"알겠습니다."

"그리고 알지? 될 수 있으면 죽이지 말고 생포하는 거."

"알고 있습니다."

"먼저 가서 준비해 있다가 내가 가장 선두에 있는 저놈을 기절시키면 곧바로 움직여."

"알겠습니다."

아론의 명령에 레이 1전대장이 서른 명의 전대원을 이끌고 좌우로 갈라졌다. 아론은 그들이 어느 정도 자리를 잡기를 기다렸다가 앞으로 튕겨 나갔다. 그러다 어느 순간 그의 신형이 사라지며 바시어 선임조장의 바로 코앞에 모습을 드러냈다.

"허억!"

그에 갑자기 모습을 드러낸 아론의 모습에 그는 심장이 튀어나올 듯 놀라며 외쳤다.

"누구냐?!"

그러면서 검을 뽑아 번개같이 휘둘렀다.

"플람베르 가문의 특임대 부대주 아론."

아론은 친절하게 자신의 이름을 밝혔다.

툭!

그리고는 마치 꿀밤을 먹이듯 바시어 선임조장의 이마를 때렸고, 바시어 선임조장은 나무토막처럼 뒤로 넘어가고 있었다.

"네놈은……."

뒤늦게 열 명의 기사가 반응했다. 하지만 그들이 소리를 쳤을 때 아론의 신형은 이미 그곳에 없었다. 공간과 공간을 넘나들며 순식간에 열 명의 기사를 툭툭 건드렸고, 그들은 여지없이 바시어 선임조장과 같이 썩은 나무토막처럼 툭툭 떨어져 내렸다.

실로 눈 깜짝할 사이였다. 그때를 같이하여 삼십 명의 전대원이 난입하며 외쳤다.

"항복하라! 항복하면 살 것이다!"

"이익!"

1천의 가병을 이끄는 천인대장이 정신을 차리고 무어라 외치려는 찰나 그의 뒤통수에 둔중한 충격이 전해졌고, 천인대장은 그대로 앞으로 고꾸라졌다. 그리고 동시에 열 명의 백인대장 역시 천인대장과 다르지 않은 모습을 보여주고 있었다.

가병들은 놀라 입만 벌리고 있을 뿐이다. 열한 명의 기사는 나무토막처럼 낙마해 쓰러졌고, 자신들에게 명령을 내려야 할 천인대장과 백인대장 역시 기절해서 쓰러졌다. 어떻게 해야 할지 난감했다.

그러나 정예 가병들이라 그런지 몇 명의 병사들은 전대원들을 향해 달려들었고 전대원들은 그런 그들을 용서하지 않았다. 아무리 정예라 하더라도 전대원들은 기사였다. 그것도 익스퍼트에 이른 기사들. 그런 기사들에게 병사들의 행동은 그저 몸부림에 지나지 않았다.

몇 명의 가병이 피를 뿌리며 죽음을 맞이했다. 전대원들의 손속에는 어떤 자비도 없었다.

"항복하라! 항복하면 살 것이다!"

다시 아론이 처음 모습을 드러낼 때 외친 말이 똑같이 반복되어 들려왔다. 가병들은 마른침을 삼키고 마침내 무기를 내던졌다. 수가 적다고는 하지만 자신들이 어찌해 볼 수 있는 이들이 아니었다.

'익스퍼트!'

그리고 그들은 알 수 있었다. 고작 삼십 명이지만 그들 전원이 익스퍼트의 기사라는 것을. 익스퍼트 하급의 기사 한 명이 열 명의 정예 병사를 이겨낼 수 있으니 그저 단순히 계산으로 따지면 3백 명이겠지만 어디 전투라는 것이 단순 계산으로 될 일인가?

그리고 이미 열한 명의 기사는 어떻게 당했는지도 모르고 당하지 않았는가?

툭!

결국 그들은 무기를 버릴 수밖에 없었다. 그때 그들 앞으로 아론의 모습이 보였다. 열한 명의 기사를 순식간에 쓰러뜨리고 가병들이 무기를 던지는 그 순간에 말이다.

"끝났습니다."

"이거 너무 쉽군."

"부대주님이 강해서 그런 겁니다."

"내가 강하긴 하지."

결코 사양이란 없는 아론이다. 하지만 레이 1전대장은 그의 말을 곧이곧대로 인정할 수밖에 없었다.

'그는 그럴 만한 자격이 있는 사람이니까.'

그런 그의 상념을 깨어나게 하는 목소리가 있었으니 바로 얀센과 제라르였다.

"여어~ 빨리 끝냈수다."

"끝났습니다."

그들 뒤로는 무장 해제당한 기사들과 가병들이 줄줄이 따라오고 있었다. 그리고 그들의 무기와 방어구는 그들에게 고용된 용병들이 들고 있었다.

아론은 용병들과 함께 들어오는 마이크와 유리, 그리고 니콜라이에게 고개를 끄덕여 보였다.

그중 마이크가 한 명의 용병을 대동한 채 아론에게 다가왔는데 바로 구슨 용병대의 대장인 구슨이었다.

"이쪽은 구슨 용병대의 대장 구슨이라고 합니다."

"그런데?"

"우리 용병대에 가입하고 싶다고 합니다."

그에 아론의 시선이 구슨에게로 향했다. 구슨은 자신도 모르게 마른침을 삼켜야만 했다. 그는 마이크를 뒤따라오면서 이들의 전력을 충분히 볼 수 있었다. 또한 기사들에게 명령을 내리는 용병들까지 말이다.

물론 아쉽게도 그들의 무력을 감상할 시간은 없었다. 그도 그럴 것이, 그들이 도착했을 때는 이미 모든 상황이 끝나 있었기 때문이다. 불과 백 명도 되지 않은 인원이 천 명이 넘는 이들을 포위해서 포로로 잡고 있었다.

말도 안 되는 일이 눈앞에서 벌어졌으니 구슨이 마른침을 삼킬 만도 했다.

"가입하는 것은 자유야. 그런데 나가는 건 합당한 이유가 없다면 마음대로 안 돼. 그리고 동료의 등 뒤에 칼을 꽂는다면 껍질을 벗겨 버릴 테니까 그리 알아둬."

"배신 같은 것은 없소."

"누구는 배신을 하고 싶어서 하나? 상황이 그렇게 만드는 거지."

"그건……."

"어쨌든 가입 축하하고, 허드슨으로 가. 거기서 더글러스를 찾아 내가 보냈다고 하면 알아서 조치를 해줄 거야."

"저어… 그럼……."

"뭐?"

"대, 대금은……."

구슨의 옆에 있던 조금은 나이 들어 보이는 용병이 쭈뼛거리며 입을 열었다.

"그걸 왜 나한테 물어?"

"아니, 이제 우리도 같은 용병대 소속이 되었으니까."

"엄밀히 말하면 계약 조건에 충실하지 못했고, 오히려 위약금을 토해내야 할 판인데?"

"그야 그렇지만……."

"어쨌든 허드슨으로 가 있어. 그리고 대기하고 있어. 분란 일으키지 말고. 작전이 끝나는 대로 불러들일 테니까."

"알겠소."

구슨이 가입을 원하는 용병들을 인솔해 허드슨으로 향하고 아론은 말없이 이제야 정신을 차리며 꾸물거리는 바시어 1조장 앞으로 걸음을 옮겼다.

"통신이 들어왔습니다."

그때 통신 대기를 하고 있던 기사 한 명이 다가와 통신구를 건넸다. 아론이 통신구에 마나를 불어 넣자 통신구에서 녹색 빛이 일면서 허공에 영상이 맺혔다. 길버트였다.

─일은 잘 끝났나?

"그래."

─그럼 스톰시티의 외곽인 메르디온에서 합류하자고.

"바로 협상에 들어갈 것인가?"

─굳이 미룰 필요는 없지.

"말이 나오지 않을까?"

─말이 나와도 어쩔 수 없지. 방심하고 있는 지금이 아니면 철기대를 상대로 어쩔 수 없어.

"그렇긴 하군."

─삼 일 후에 보도록 하지.

"그러지."

통신이 끝나고 아론이 명을 내렸다.

"모두 묶어."

"명!"

그리고 아론이 시선을 돌렸을 때, 바시어 선임조장은 눈을 부릅뜬 채 아론을 쏘아보고 있었다.

"이러고도 네놈이 살아남길 바라느냐?"

"살아남지 못하면?"

"그……."

아론의 간단한 말에 바시어 선임조장은 입을 벙긋거렸다. 설마 이렇게 답이 되돌아올 줄은 몰랐다. 여느 기사와는 전혀 다른 아론의 태도에 조금은 당황한 바시어 선임조장이었다.

"너희들은 포로야. 포로면 포로답게 굴어."

"포로이기 전에 기사다. 기사로서 대우해라."

"그래, 넌 기사지만 난 기사가 아니야. 그러니까 난 기사가 포로가 됐을 때 어떻게 하는지 몰라. 그래서 난 내 방식대로 너희들을 다룰 테니까 엉기지 마."

무표정하고 고저가 없는 목소리로 전혀 기사답지 않은 저급한 언어를 사용하는 아론. 일부러 그런 것인지 아닌지는 모르겠으나 그의 그런 행동 덕분에 바시어 선임조장의 입을 막을 수는 있었다.

"묶어."

그에 레이 1전대장이 바시어 선임조장을 포박하기 시작했다..

"네놈은 기사이지 않느냐. 기사로서 대우해라."

"지금 이렇게 기사로서 대우하고 있지 않느냐. 적의 기사로서 말이다."

"후회할 것이다."

"후회? 그걸 생각했다면 내가 널 이리 다루지는 않았지. 그리고 쓸데없이 입 놀리지 마라. 밥 안 준다."

"네놈이 감히……."

바시어 선임조장이 분노했다. 그에 레이 1전대장은 옆으로 고개를 돌리며 말했다.

"메르디온에 갈 때까지 물만 줘."

"알겠습니다."

"이, 이……."

"자꾸 그러면 물도 안 준다?"

"……."

그에 입을 닫아 버리는 바시어 선임조장이다. 그 모습을 바라본 아론이 레이 1전대장의 옆을 스치고 지나가며 조용히 한마디 했다.

"용병을 해도 되겠어."

아론의 말에 잠시 멍하니 있던 레이 1전대장은 이내 히죽 웃으며 말했다.

"한다면 받아주실 겁니까?"

"자네 정도의 실력자가 온다는데 막을 이유가 없지."

"알겠습니다. 무르기 없깁니다?"

"일수불퇴라고 하나? 낙장불입이던가?"

"예? 무슨 말입니까?"

"그런 게 있어. 어쨌든 바로 메르디온으로 출발한다."

"알겠습니다."

*　　　　*　　　　*

"뭐라?"

"타베스 산과 티말 산으로 향한 여섯 개 조가 모두 포로로 잡혔습니다."

"……."

기드원 참모의 보고에 루카스 철기대주는 침묵할 수밖에 없었다. 이해가 되지 않았다.

"어떻게 그럴 수가 있지?"

각 방면으로 무려 3천이 넘는 인원이 동원되었다.

"방수가 있었던가?"

"알려진 바로는 없었습니다."

"그런데? 적을 너무 믿었던가?"

"그 또한 아닙니다. 천화대와 청운대에 심어놓은 세작들에 의하면 정확한 정보였습니다."

"그럼 우리가 놓친 것이 뭐지?"

"…그들의 실력입니다."

"실력? 무슨 실력? 설마 내가 생각하는 그 무력을 말하는 것인가?"

"그렇습니다."

"하나 그들은 분명 우리가 알고 있는 그 특무대일 터인데?"

"맞습니다."

"그런데 실력을 놓치다니? 플람베르 가문에서조차 포기한 존재들이고, 거의 몇십 년 동안 방치된 그들이야. 그런데 고작 6개월 사이에 어떻게 달라질 수가 있지?"

"바로 그 점입니다."

"그 점?"

"그것이 바로 저희들이 간과한 사항입니다."

"그들이 훈련을 떠난 6개월 말인가?"

"그렇습니다."

"그 6개월 동안 그들 모두가 익스퍼터라도 되었단 말인가?"

"그럴 수도 있습니다."

"그 무슨……."

루카스 철기대주는 뚫어지게 기드윈 참모를 바라봤다. 기드윈이 참모이기는 하지만 그 역시 철기대의 대원이다. 그리고 그는 익스퍼트에 오른 기사이기도 했다. 그렇기에 그는 익스퍼트에 오르기가 얼마나 힘든지 너무나 잘 알고 있었다.

그러한 그가 가능성은 내비치고 있으니 루카스 철기대주는 움찔할 수밖에 없었다.

"그렇다면… 정말 큰일이로군."

"그래서……."

"그래서?"

"그들의 협상 제안에 응해야 한다고 봅니다."

"협상? 협상이라……."

협상이라는 말에 루카스 철기대주의 안색이 굳었다.

"그건… 혼자 결정할 문제가 아니로군."

루카스 철기대주의 말에 기드윈 참모는 고개를 주억거렸다. 플랑드르 지역 일부를 기습적으로 점유한 후 이제 한 지역을 제외하고는 완벽하게 칼뤼베이우스 가문의 영역으로 만들려는 순간이었다.

그런데 단 한 번의 반격으로 그 전공이 와르르 무너져 내리려 하고 있었다. 애초에 플랑드르 지역을 점유하자고 건의한 것은 철기대가 아니지만 일단 작전에 투입된 바, 작전을 성공시켜야만 하는 것이 철기대의 운명이었다.

그런데 단 한 번의 공격으로 막다른 골목으로 몰리고 말았다.

'어떻게 해야 한단 말인가?'

고민이 될 수밖에 없었다. 이대로 물러난다면 그 책임은 고스란히 철기대주에게로 전가된다. 아마도 가문에서는 두 가지 의견으로 나뉠 것이다. 철기대를 내주는 한이 있더라도 지키라는 의견과 아직까지는 전면전이 불가하니 뒤로 물리는 것이 낫다는 의견으로 말이다.

"자네는 어느 쪽이라고 생각하는가?"

"아무래도 지키라는 쪽의 의견이 강할 겁니다."

"그렇겠지?"

어느 정도 짐작하고 있다는 듯이 고개를 끄덕이는 철기대주.

플람베르 가문처럼은 아니지만 칼뤼베이우스 가문 역시 상당한 권력 싸움으로 머리가 지끈거릴 정도였다. 그리고 플랑드르를 시작으로 플람베르 가문과 일전을 불사하겠다는 주전파와 아직까지는 시기상조라는 주화파가 있어 서로 물고 물리는 세력 싸움을 하고 있었다.

물론 가주 직속의 8철좌는 주전파니 주화파니 하는 것에 일절 관심을 두지 않았지만 그렇다고 하더라도 가주가 독단으로 모든 것을 처리할 수는 없는 일이었다. 이느 한쪽의 손을 들어줄 수밖에 없는 상황이라는 것이다.

"지랄 같군."

"어쩔 수 없습니다."

"통신 연결해."

"알겠습니다."

＊　　　　＊　　　　＊

스톰시티와 메르디온의 중간 지점인 어느 평지에 약 스무 명가량의 인물이 마주하고 있었다. 그 중간에는 탁자가 하나 놓여 있고, 각각 두 명이 앉고 나머지는 전부 그 뒤에 병풍처럼 서 있었다.

"오랜만입니다."

"흠. 본 대주를 알고 있나?"

"모를 리 없잖습니까? 플람베르 가문의 탕아로 알려진 길버트 플람베르 대공자이시지 않습니까?"

"흠, 본 공자의 이름이 칼뤼베이우스 가문에까지 알려졌다니 나름 뿌듯하군."

마음을 경동시키기 위해 짐짓 탕아라는 말까지 섞어 말했지만 길버트는 대수롭지 않다는 듯이 말했다.

"뭐 어쨌든 과거가 어떻든 간에 지금은 플랑드르를 무단으

로 점유한 귀 가문에 대한 건으로 이곳에 앉았으니 대화의 본
질에 집중하도록 합시다."

"무단은 아니지요. 과거 2백 년 전에는 칼뤼베이우스 가문
의 것이었습니다."

"그렇다 해도 칼뤼베이우스 가문이 플랑드르를 점유한 것
은 고작해야 60년. 본 가문의 2백 년과는 비교할 수도 없소."

"하지만 빼앗은 것은 빼앗은 것 아닙니까? 기사도를 중시하
는 기사의 가문으로서."

"흠. 기사도를 중시한다……. 본 대주가 알기로 그때 당시
칼뤼베이우스 가문은 플랑드르를 본 가문에 조건 없이 양도
한 것으로 알고 있는데 말이오."

"그건……."

"내가 모를 줄 알았소? 그때의 협약서를 가져오리까?"

"크음."

길버트의 친절한 설명에 헛기침을 하는 루카스 철기대주.

"두 분 진정하시고, 협상을 해야 하지 않겠습니까?"

"진정? 난 열 낸 적 없소만? 사실을 사실대로 말하는데 무
슨 진정씩이나."

아론과 같이 다니면서 길버트의 넉살은 승천할 대로 승천
해 구름을 뚫고 올라갈 지경이었다. 그의 말재간은 아무리 철
심의 철기대주나 냉혈을 자랑하는 기드원 참모라 할지라도 그

리 쉽게 감당할 수 있는 수준이 아니었다.

"뭐 진정하라니 진정하고, 플랑드르에서 물러나 줘야겠소."

"그것은 어려울 것 같습니다."

"그래요? 그럼 뭐 협상은 없는 것으로 하지요."

그러면서 자리에서 벌떡 일어나는 길버트. 어차피 칼자루는 저들이 쥐고 있는 것이 아니라 길버트가 쥐고 있었다. 6천에 이르는 가병과 180명에 이르는 익스퍼트의 기사들이 손에 있으니 아무리 그들이 주도권을 가지고 간다 하더라도 그 결착점은 이미 정해져 있는 것이나 다름없었다.

다만 칼뤼베이우스 가문은 최대한 꼬투리라도 잡고 싶은 것이다. 플랑드르 지역을 온전하게 플람베르 가문에 넘겨주는 것이 너무 배가 아팠기 때문일 게다.

"아! 너무 서두르십니다. 이제 협상은 시작이거늘."

"명백한 사실에 무슨 협상이 필요하겠소. 내 말은 플랑드르에서 칼뤼베이우스 가문의 병력이 물러나는 것이오."

"어쨌든 의견은 잘 들었습니다. 대주로서 힘드셨을 터인데 잠깐 쉬시지요."

그때 기드윈 참모는 루카스 철기대주와 길버트 대공자를 엮어 협상장에서 물러나게 하려 했다. 아무래도 대공자보다는 그를 따라온 아론이 더 쉬워 보였기 때문이다. 그에 길버트의 행동 또한 가관이었다.

"어험. 그건 그렇군. 일단 본 대주는 저기 나무 근처에서 쉬고 있겠소. 부디 좋은 결과가 있길 바라겠소."

"그야 이제부터 협상을 해봐야 알겠지요."

기드원 참모는 자신만만하게 말했다. 그런 기드원 참모를 보며 길버트는 속으로 웃을 수밖에 없었다.

'이놈아, 그놈은 고블린이 아니라 드래곤이다. 나와는 비교도 되지 않을 놈이지. 어쨌든 잘해봐라.'

그러면서 협상장에서 물러났다. 이제 남은 것은 아론과 기드원 참모였다. 아론은 길버트가 가든 말든 자신의 앞에 놓인 차를 말없이 마시고 있었다.

"자, 이제 허심탄회하게 대화를 해봅시다. 원하는 게 뭡니까?"

"플랑드르."

그 외에는 아무것도 없었다. 그에 기드원 참모는 인상을 찌푸렸다. 이틀 전 본가와 통신을 했을 때 물러나긴 하되 최대한 얻을 수 있는 것은 얻으라는 전달을 받았다. 그 말은 달리 말하면 아무것도 얻지 못하면 질책을 면치 못하리라는 말과 다르지 않았다.

'이거… 오크를 피하려다 오거를 만난 격인가?'

그가 인상을 찌푸리는 이유였다.

"그건 좀 그렇지 않소? 이곳에서 죽은 가병과 기사들도 있는데……."

"먼저 불법으로 점유한 것은 그쪽이오."

"허나 같은 기사 가문으로서 말이오."

"기사 가문은 그런 짓을 안 하지. 칼뤼베이우스 가문이 기사 가문이 맞기는 하오?"

찻잔을 탁자에 내려놓으며 아론이 말했다. 그에 기드윈 참모의 시선이 아론과 부딪쳤다.

'후욱!'

기드윈 참모는 자신도 모르게 숨을 들이켰다.

'눈빛이 무슨…….'

완벽한 포식자의 눈빛이었다. 협상장이 아니었다면 당장에라도 여기 있는 모두를 잡아먹을 그런 눈빛이었다.

'이런 자는 협상이 통하지 않는다.'

협상이란 있을 수 없었다. 그저 사실을 확인하기 위해 이 자리에 있는 것이다. 그러는 그의 앞에 아론이 문서를 내밀었다.

"사인해야 할 거요."

그러면서 아론의 전신에서는 항거할 수 없는 스산함이 일어나기 시작했다.

CHAPTER 4
각자의 흉중

'기세에 밀렸다.'

대화든 싸움이든 기세라는 것이 있다. 기세라는 것은 한번 타오르기 시작하면 그 끝을 가늠하기 어렵고, 아무리 하수라 할지라도 그 기세를 타면 동수를 이룰 정도의 실력자가 된다.

물론 그 격차가 너무 크다면 기세를 탄다 할지라도 승리를 가져올 수 없지만 상대를 만신창이로 만들 수 있음은 분명했다.

기드윈 참모는 절대 뛰어넘을 수 없는 불가능한 벽을 보고 있는 것 같았다.

"무력을 사용하겠다는 말입니까?"

"못 할 것도 없지."

"전면전을 원하는 것이라고 받아들여도 되겠습니까?"

"원한다면."

그런 기세에 밀렸음에도 기드윈 참모는 결코 쉽게 포기하지 않았다. 하지만 아론은 너무나도 간단하게 기드윈 참모의 말을 받아넘기고 있었다. 마치 이 협상이 이뤄져도 좋고 이뤄지지 않아도 좋다는 표정이다.

그에 기드윈 참모의 두뇌는 복잡하게 회전할 수밖에 없었다.

'도대체 의도가 뭐냐?'

의도를 알 수 없었다. 현재 이 협상장에는 평소 연락을 주고받던 이공자 측의 벤더필드 대주나 삼공자 측의 스컬리 대주는 없었다. 아니, 그 두 사람뿐만 아니라 그 휘하에 있는 부하도 없었다.

또한 플람베르 가문에서 직접 나온 이들 역시 없었다. 그 말은 바로 길버트 플람베르 대공자가 전권을 가지고 있다는 말이 되었고, 그가 자리를 비우고 자신의 눈앞에 있는 자와 협상을 하게 된 것은 그가 이자를 전적으로 신뢰한다는 것을 의미한다.

플람베르 가문의 의도를 전혀 알 수 없었다. 현재 플람베르 가문이 플랑드르를 두고 칼뤼베이우스 가문과 전면전을 한다는 것은 그리 좋은 선택이 아니었다. 가장 큰 부담은 역시 가주가 와병 중에 있어서 전면에 나서지 못한다는 것이다.

'가주가 전면에 나서는 것과 나서지 않는 것은 천양지차. 그러함에도 이 당당함은 대체 뭐란 말인가?'

바로 그것이 기드윈 참모를 헷갈리게 하는 것이었다. 너무나 당당했다. 가주의 와병쯤은 전면전을 치르는 데 아무런 걸림돌이 되지 않는다는 저 당당함 말이다.

'혹시……'

결국엔 플람베르 가문의 와병이 거짓이 아닐까 하는 생각도 해봤다. 하지만 그럴 가능성은 높지 않았다. 와병 중이라고 하기에는 그의 경지가 너무 높았다. 마스터에 오르면 육체적으로 완벽해져 한서불침지신이 된다.

하물며 소드 마스터를 한참이나 뛰어 넘는 그레이트 마스터에 오른 플람베르 가주가 와병일 수가 있는 것이다. 그에 기드윈 참모는 스스로의 가설을 잊기 위해 머리를 흔들어 잡생각을 털어내 버렸다.

'그렇다면 뭐지? 우리가 모르는 무언가가 있는 것인가?'

자라 보고 놀란 가슴 솥뚜껑 보고 놀란다는 말이 있다. 한번 길버트가 이끄는 특무대에 호되게 당한 이후라 혹시라도 자신들이 파악하지 못한 또 다른 것이 있지 않을까 하는 생각이 들었다.

기드윈 참모는 아론의 시선을 깊숙이 들여다보았다. 하지만 아무것도 읽을 수 없었다.

"지루하군. 가병은 두당 10골드, 기사는 두 당 500골드, 그리고 전비로 백만 골드와 플랑드르를 무단 점유함으로써 본가가 입은 손해에 대한 대가로 천만 골드요."

"가병이나 기사, 그리고 전비는 이해하겠으나 손해의 대가는 이해할 수 없군요. 고작해야 석 달입니다. 석 달의 손해치고는 많군요."

"양모와 철광석을 말하는 거요. 석 달 동안 그만한 손해를 입지 않는다고 장담할 수 있소?"

"하지만 본 가는 석 달 동안 양모나 철광석으로 이득을 본 것이 없소."

"그것은 그쪽 사정이지 이쪽 사정은 아니지 않소."

"그래도 너무 많소. 굳이 받고자 한다면 이 협상은 결렬될 수밖에 없소."

"그렇소? 그럼 이만 일어납시다. 어디 한 번 끝까지 가봅시다."

더 이상의 대화는 하지 않겠다는 듯 자리를 박차고 일어나는 아론을 다급히 불러 세우며 기드윈 참모가 말했다.

"협상이 그렇게 단칼에 끝날 수 있는 것은 아니잖소."

"의견이 상충되는데 협상은 무슨. 하던 대로 합시다."

"끄음, 알겠소. 하지만 플랑드르의 무단 점유에 대한 금액은 너무 크오. 좀 줄입시다. 본 가문도 전비로 적잖이 지출했으니 서로 사정을 봐줍시다."

기드원 참모는 솔직하게 털어놓았다. 이렇게 그가 약세로 돌아설 수밖에 없는 이유가 있었다. 그것은 바로 나머지 가문들이 결코 지금의 상황을 좋게 보고 있지 않다는 것이다.

물론 끊임없이 서로를 견제하는 것은 맞다. 그런데 중요한 것은 2백 년 전의 사건을 들어 과거의 영지를 회복하려 한다면 그것에서 자유로울 수 있는 가문은 단 한 가문도 없었다. 그러하기에 불편한 시선으로 칼뤼베이우스 가문을 바라보고 있는 것이다.

분명히 명분은 있었지만 호응을 얻지 못하고 있었다. 그래서 칼뤼베이우스 가문은 울며 겨자 먹기로 물러설 수밖에 없었다. 그러나 자존심을 세울 필요는 있었다. 기사 가문으로서 대의적으로 가주가 와병 중인 가문을 친다는 것은 자존심이 허락하지 않는다는 명분을 내세워 물러서는 것이다.

무슨 일이 되었든 명분이라는 것이 있어야 한다. 기사란 명분에 살고 명분에 죽는다. 아니, 기사뿐만 아니라 어떤 싸움이든 간에 명분에 밀린다면 아무런 의미가 없다. 이겨도 상처뿐인 승리라 할 것이다.

주변의 동의도 얻지 못하고 명분도 없는 전쟁을 계속하느 니 차라리 가문의 자존심을 세우며 플랑드르에서 물러나는 것을 택한 것이다.

하지만 아무리 그렇다 하더라도 패한 것은 패한 것. 자존심 이 상한 칼뤼베이우스 가문의 가신들은 모습을 드러내지 않 았다.

그리고 전적으로 철기대에 국한시켰다. 모든 전권을 그들에 게 맡긴 채로 말이다. 참으로 눈 가리고 아웅하는 식이겠으나 그러한 얼토당토않은 행위를 또 다른 여섯 가문이 인정한다 는 것이다.

"천만 골드. 그 외의 협상은 없소."

"끄응!"

완곡한 아론의 표현에 기드윈 참모는 앓는 소리를 냈다.

"잠시 상의 좀."

"상의는 오래 해도 되오."

그렇게 말을 한 기드윈 참모가 자리를 떴다. 그때 길버트가 슬슬 다가와 말했다.

"너무 강하게 나가는 것 아닌가?"

"싫음 말라고 해. 어차피 자존심은 구길 대로 구겨졌는데 무 슨 상관인가?"

"너무 막다른 곳으로 몰면 쥐도 고양이를 무는 법이네."

"쥐도 쥐 나름이고 고양이도 고양이 나름이네."

자신은 고양이도 아닐뿐더러 저들은 쥐 정도의 수준도 아니라는 아론의 표현이다. 그 말에 길버트는 히죽 웃었다.

"거참 통쾌한 말인데… 과연 타결될까?"

"걱정 말고 지켜만 봐."

"그러지, 뭐."

시원스럽게 말하고 다시 자리로 돌아가는 길버트. 그때를 같이하여 기드원 참모가 다시 협상장으로 들어섰다.

"아무래도 천만 골드는……."

난색을 표하는 기드원 참모의 모습에 아론이 입을 열었다.

"2백만 골드를 돌려주지."

아론의 말에 살짝 눈을 치켜뜨는 기드원 참모. 그러더니 이내 슬쩍 입꼬리를 말아 올렸다.

"2백만 골드……."

"아마도 이번 일이 끝나면 철기대는 조금 힘들어지지 않겠소?"

"그야 그렇소만."

"철기대가 다시 복권되기 위해서는 기간이 필요할 것이고, 그 기간 동안에는 지원도 줄겠지요."

"그야 뭐……."

"2백만 골드면 충분히 가문의 압박에서 견뎌낼 수 있을 것이오. 물론 철기대주는 이런 사실을 알면 불같이 화를 내겠지만 당신은 철기대의 앞날을 생각해야 하는 입장이니 충분할 것이라 보오."

"좋습니다. 어떻게 하면 되겠소?"

"협정서를 두 개 작성해야 되지 않겠소?"

"말이 통해서 좋구려."

"그쪽은 1,000만 골드, 우리 쪽은 800만 골드."

"좋소, 작성합시다."

애초에 칼뤼베이우스 가문은 1,500만 골드를 상정하고 있었다. 양모와 철광석은 그만한 가치가 있었다. 반면에 플람베르 가문은 이번 협상에 별 기대를 하지 않았다. 자신들이 힘이 없어 빼앗긴 것을 다시 되찾는 것이다 보니 금전적인 부분까지 기대할 여유는 존재하지 않았던 것이다.

그리고 가문의 위신 때문이기도 했다.

자신의 땅을 되찾으면서 전비로 돈을 달라고 하면 체면이 상당히 상하기 때문이다. 그러하기에 양쪽 다 만족할 만한 성과는 분명했다. 그렇게 양쪽은 서로에게 만족할 만한 계약을 체결한 후 헤어졌고, 다음 날 길버트는 특무대를 대동하여 스톰시티로 입성했다.

더불어 본가에 이를 알려 추후 대책을 기다렸고, 더글러스가 통신 수정구를 가지고 있지 않은 관계로 인편을 보내 용병들을 스톰시티로 불러들였으며, 길버트는 그동안 두 가문의 틈바구니에서 고단한 삶을 살아온 플랑드르를 위무하고 안정화시키고 있었다.

*　　　*　　　*

"대공자께서 무사히 플랑드르를 회복했습니다."

"쿨럭! 헐헐, 그놈 참."

"게다가 전쟁 배상금으로 8백만 골드와 함께 병사는 두당 10골드, 기사는 두당 100골드를 받아냈다고 합니다."

"군문에 투신했다더니 수가 좀 늘었군."

"그런데……."

"왜, 둘째와 셋째가 물고 늘어지나?"

"그렇습니다. 아무래도 그들도 실패로 돌아가지 않을까 생각하고 있었던지라 의외의 수에 당황한 눈치입니다. 하지만 배상금이 너무 적다고……."

"그놈들 참. 지원도 안 해준 놈들이… 쿨럭쿨럭!"

"괜찮으십니까?"

"별로 안 괜찮군."

플람베르 가문의 가주는 입가에 흘러내리는 핏물을 닦아내며 말했다. 치음 길버트가 보았을 때보나 더 노쇠하고 나약해진 모습.

그의 곁을 지켜온 그림자인 쉐도우가 무심하게 그의 상태를 물었다.

"그리고……"

"그리고 또 있나?"

"대공자께서 이걸 전해왔습니다."

꿈틀.

쉐도우를 통해 전해왔다는 말에 가주의 얼굴이 꿈틀거렸다.

쉐도우의 존재는 그 누구도 모른다.

적어도 마스터가 되기 이전에는 말이다. 그것도 그냥 마스터가 아니라 그레이트 마스터를 목전에 둔 이가 아니면 절대 감지조차 할 수 없다.

그런데 쉐도우를 어찌 알고 그에게 무언가를 전달했다는 말인가?

그리고 그를 통하는 방법을 어찌 알았을까?

연쇄적으로 상념이 머리를 헤집고 다닌다.

"존재를 드러낸 적 있나?"

"없습니다."

"놈이 직접 전하던가?"

"아닙니다."

"하면?"

"누군가 떨어뜨리고 갔습니다."

"떨어뜨리고 가?"

"그가 '대공자께서 전하라 하셨습니다'라고 했습니다."

"허어~"

연락할 방법은 모르나 쉐도우의 존재를 안다는 것이다. 하지만 플람베르가의 가주는 핏기 없는 얼굴에 뜻 모를 미소를 떠올렸다.

"줘보게."

"여기."

그리고 서신을 읽는 가주. 그의 얼굴이 미미하게 변해가고 있다.

"음."

마지막까지 다 읽은 가주는 눈을 감고 잠시 생각에 잠기는 듯했다. 그리고 손에 마나를 일으켜 들고 있던 서신을 불태워버렸다.

"이 서신의 내용을 알고 있나?"

"보지 않았습니다."

"그렇겠지. 이리 쓰여 있더군. 누군가의 암수에 의해 지금 나는 독에 당했을 가능성이 농후하다고 말이네. 그래서 언젠가 한번 긴히 날 볼 수 있었으면 좋겠다고 하는군."

"그… 렇습니까?"

"어떻게 생각하나."

"무엇을 말입니까?"

"첫째 놈이 알고 있다면 다른 놈들도 모두 알 것이라 생각하지 않나?"

"그렇지는 않을 듯합니다."

"나도 그렇게 생각해. 그런데 12년 동안 집을 떠나 있던 놈이 어떻게 그걸 알았지? 고작 한 번 봤을 뿐인데 말이지."

"……."

가주의 물음에 쉐도우는 아무 대답을 하지 않았지만 가주는 답을 원하는 것이 아니었다. 그저 자신의 의문을 입 밖으로 내뱉은 것뿐이었다. 그렇다고 길버트를 의심하는 것도 아니었다. 가문에서 그의 세력은 지극히 미미하다.

플랑드르를 회복해서 어느 정도 인지도를 가지게 되었지만 여전히 둘째와 셋째보다 불리한 것은 마찬가지였다.

"그리고… 여기 보면 한 놈과 같이 만났으면 한다는군. 아론이라고, 생명의 은인이자 친우라 했는데 현재는 특무대의 부대주로 있다고 하는군."

"그렇습니까?"

"그에 대해서 알아봐."

"알겠습니다."

"그리고… 아니, 가보게."

"그럼."

쉐도우가 사라지자 가주는 침대 옆의 줄을 잡아당겨 총관을 호출했다.

"부르셨습니까?"

줄을 잡아당기자마자 마치 기다렸다는 듯이 리트바넨코 총관이 침실로 들어섰다.

"첫째에 대한 일은 어떻게 되어가고 있는가?"

"아직 결정 난 사항이 없습니다."

"그런가? 하면 그에게 플랑드르를 맡기게."

"그건……."

"왜? 반발이 심하겠나?"

"아마도 그럴 것입니다."

"하지만 둘째도 셋째도 플랑드르를 회복하는 데는 실패했지."

"그렇습니다."

"상과 벌은 확실히 해야 해."

"알겠습니다. 그리 전하겠습니다."

"그리고 조만간 첫째에게 한번 들르라고 전하게. 부대주와 함께 말이지."

"승전 축하연 때문입니까?"

"승전 축하연은 없는 걸로 하지."

"하지만……."

"잃어버린 걸 되찾은 것뿐이야. 그걸로 축하연을 연다면 타 가문에 고개를 들 수 없지."

"알겠습니다."

"그래, 이제 좀 쉬고 싶군."

"그럼 이만."

리트바넨코 총관이 자리를 벗어났다. 그에 힘들게 한숨을 내쉬던 가주는 자신의 두 손을 멍하니 내려다보며 독백했다.

"내가… 독에 당했다? 그레이트 마스터인 나조차 최근에 인지한 것을 첫째 놈이 인지했다……. 후우~"

그러고는 눈을 감고 피곤한 듯 몸을 침대에 뉘였다.

*　　　*　　　*

"호오~ 일이 재미있게 흘러가는군요."

"예상외입니다."

세 명이 대화를 하고 있다. 한 명의 여인과 두 명의 사내. 여인은 물과 같은 짙푸른 머리카락과 창백하리만치 새하얀 피부를 가지고 있었다. 하지만 그 전체적인 인상은 너무나도 차가워 함부로 다가갈 수 없을 듯 보였다.

"확실히 예상외로군. 12년 만에 본가로 돌아와 2백 남짓한 기사들로 플랑드르를 회복하다니… 설마 했는데 말이지요."

"그렇습니다."

"이거 아무래도 더팩티오가 불리해지겠는데요?"

플람베르 가문의 삼공자 이름을 아무렇지도 않게 부르는 여인.

그랬다. 그녀는 바로 야심만만한 3좌에 올라 있는 포세이두스 가문의 차녀인 엘리스 포세이두스였다. 그녀와 대화를 하고 있는 이는 호위대장 루드비히 베크와 책사 나탈리아 에스테미로바였다.

그들이 머물고 있는 백합관 앞에는 하얀 백합이 흐드러지게 피어 있다. 하지만 엘리스 포세이두는 그런 꽃에는 전혀 관심이 없는 듯 보였다.

"들리는 말에 의하면 플람베르 가주께서 대공자에게 플랑드르를 맡기겠다고 했다 합니다."

딱딱하게 사무적으로 말하는 나탈리아 에스테미로바. 엘리스는 그를 쳐다보지도 않고 고개만 주억인 채 생각에 잠겨 있다.

"어떻게 해야 할까?"

"아직은 조금 더 두고 봐야 합니다."

"하지만 시기를 놓치면 별로 좋은 꼴은 못 볼 것 같은데?"

"하나 지금에 와서 상대를 바꾼다는 것은 조금 위험하지 않을까 합니다. 본가에서 허용할 리도 없고 말입니다."

"그래, 그게 문제야. 내 직감으로는 더펙티오보다는 대공자에 걸어야 해."

"직감이 언제나 옳지는 않습니다."

"물론 그렇긴 하지. 하지만 이번에는 상당히 객관적이야. 내가 알기로 더펙티오와 젤루스는 플랑드르를 불법으로 점유한 철기대 대주와 은밀한 선을 가지고 있었어. 그래서 지금까지 지루하게 소모전을 벌인 것이지."

"물론 그렇습니다."

그녀의 말은 사실이었다. 알 만한 사람은 다 아는 공공연한 비밀일 뿐이다. 그래서 아직까지 플랑드르를 지키고 있었다고 해도 과언이 아니었다. 아니, 지키는 것이 아니라 플랑드르라는 끈을 놓지 않고 겨우 명맥을 잇고 있었다.

기실 철기대가 급습하여 단 며칠 만에 플랑드르의 8할 이상을 점령한 결정적인 이유는 바로 플람베르 가주의 와병에 기인한 것이다. 하나의 명령 체계로 이어져야 하겠지만 그 명령 체계에 혼선이 일어나고, 이때다 싶어 야욕을 드러낸 것이다.

그나마 명맥을 잇고 있다는 것만으로도 감지덕지한 상황이었다. 그런데 12년 만에 가문에 복귀한 대공자가 불과 보름도 되지 않아 전격적으로 플랑드르를 공격해 협상을 끝내고 그 지역을 다시 가문으로 복속시킨 것이다.

이쯤 되니 미심쩍은 얼굴로 대공자를 바라보던 자와 가문이야 어떻게 되든 상관없이 가문을 박차고 나간 대공자를 도끼눈을 뜨고 바라보던 이들의 생각이 살짝 틀어지기 시작했다. 바로 '역시!'라는 생각으로 말이다. 떠나 있었어도 대공자는 대공자였다.

그 누구도 해결하지 못한 플랑드르 문제를 단번에 해결하고 상당한 이득까지 챙긴 것이다. 거기에 와병 중에 있는 가주의 마음이 살짝 대공자에게 기우는 듯한 모습까지 보이고 있었다. 이러니 저러니 해도 플랑드르는 양모와 철광석의 주산지였다.

"그런데 불과 보름 만에 모든 것을 원점으로 돌려놨어요. 이러면 이야기가 달라지지 않을까요?"

"그렇기는 합니다만 이공자와 삼공자가 가만있겠습니까?"

"가만있지 않겠지요. 어쩌면 대공자에게 플랑드르를 맡긴 것도 또 한 번의 시험이라고 할 수 있을 거예요."

"…자격시험입니까?"

"그래요. 이공자와 삼공자의 압박을 잘 막아내고 스스로 존재감을 드러낸다면 그는 단번에 대공자가 아니라 플람베르 가문의 후계자가 될 거예요. 가주직을 바로 물려주지는 않겠지만 플람베르 가주는 뒤로 물러나고 자연스럽게 대공자가 소가주가 되어 전면에 나서겠지요."

"너무 비약이지 않습니까?"

"아니, 충분히 가능해요."

"하지만 그렇다 해도 우리가 할 수 있는 것은 없습니다."

"후우~ 그래서 아쉽다는 거지요. 변수가 너무 큰 것이 등장해 버려서요."

"이 상황을 지급으로 본가에 알려야 하지 않을까 합니다."

"당연히 알려야지요. 하지만 본가에 알린다고 해서 뾰족한 수가 있을까요? 지금에 와서 파혼이 가능한 것도 아니고 말이지요."

"아직 결혼을 한 것은 아니지 않습니까?"

"그렇긴 하나 명분과 가문의 체통을 중시하는 본가의 원로들과 기사들이 가만있지 않겠지요. 어쨌든 강행이 될 거예요."

"그래도 늦출 수는 있을 겁니다."

"후우~ 지금으로써는 그 방법밖에 없겠지요."

나직한 한숨과 함께 앞날을 걱정하는 엘리스 포세이두스. 그녀는 플람베르 가문에서 자신의 꿈을 펼칠 생각을 가지고 있었다. 하나 그것은 참으로 요원한 일이 아닐 수 없었다.

　　　　　　　*　　　　　*　　　　　*

"쯧, 마음에 들지 않는군."

빛조차 들어오지 않는 어둠 속에서 두 명의 사내가 대화를 하고 있다. 그중 핏기 없이 음침해 보이는 자가 혀를 찼다.

"죄송합니다."

"뭐 자네가 나에게 죄송할 일은 아니지. 대공자가 아니었으면 성공적으로 일을 끝낼 수 있었으니까."

"하지만 역시 실패했습니다."

"자네가 세상의 모든 일을 알 수는 없지 않나? 그리고 대공자는 생각지도 못한 변수였어. 설마 6개월 만에 그들을 그렇게 탈바꿈시킬 줄이야."

"……."

음침해 보이는 자의 말에 조금은 큰 덩치와 함께 전신을 검은색 천으로 가리고 겨우 눈만 빠끔히 내놓은 자는 아무런 말을 하지 않았다.

"이번에 플랑드르를 맡게 되었다고?"

"그렇습니다. 가주님의 명이라고 합니다."

"그 노친네, 극독에 당했음에도 끈질기게 버티는군."

"그레이트 마스터입니다. 느긋하게 기다리셔야 할 겁니다."

"알아. 안다고. 하지만 조금은 지겹군."

"일단 가주는 차치하고 대공자를 처리해야 합니다. 다른 두 공자는 알아서 눈에 불을 켜고 이번 대공자의 성공에 부화뇌동하는 이들을 붙잡기 위해 내부 단속을 하고 있을 터이니 다른 곳으로 시선을 돌리기는 어려울 것입니다."

"암살자는 쓰기에는 어렵지 않나? 그렇다고 용병을 쓸 수도 없고 말이지."

"몬스터입니다."

"몬스터? 몬스터를 어떻게?"

"전에 회색 오크에 대해 말씀드리지 않았습니까?"

"아! 인간의 말을 하고 세력을 이뤄 회색 숲을 지배한다는?"

"그렇습니다."

"한데 그런 몬스터와 협상이 가능할까?"

"인간의 말을 하고 세력을 이룬다면 그것은 생각을 할 줄 안다는 말입니다. 또한 강력하기로 유명한 회색 숲을 지배한다는 것 자체가 여타 우리가 생각하는 오크들과는 다르다는 말이 됩니다."

"그건 그렇지."

"그들에게 필요한 것은 노예로 쓸 사람입니다."

복면인의 말에 눈살을 살짝 찌푸리는 음침한 모습의 사내.

"가문의 인력을 내어줄 필요는 없습니다. 조금만 시선을 돌리면 떠돌이나 노예는 얼마든지 있으니 말입니다. 그리고 그

들에게 플랑드르를 공격하고 그곳의 노예들을 자급자족하도
록 한다면 그리 나쁘지 않은 동업 관계가 될 것입니다."

"아무리 그래도 몬스터와……."

"아시지 않습니까? 회색 오크는 일반적인 몬스터와 다르다
는 것을 말입니다. 그들은 엘프나 드워프와 같은 또 다른 유
사 인류이고 전투를 위해 태어난 전투 종족이라는 것을 말입
니다."

"그렇긴 한데… 트롤을 피하려다 오거를 들이는 것이 아닌
지 모르겠군."

"최근 그들은 회색 숲을 완전히 장악하고 종족의 세를 확장
시키려 하고 있습니다."

"그런가? 위험하지 않겠는가?"

"위험하지 않을 겁니다. 그들에게는 제약이 있으니 말입니
다."

"제약? 무슨 제약?"

"그것까지는……."

"아! 그렇군. 거기까지는 말할 수 없겠지. 이럴 때는 조금
아쉽군. 자네가 완전한 내 사람이 아니라는 것이 말이야."

"하나 그 이외의 명이라면 언제든지 목숨을 바칠 준비가 되
어 있습니다."

"어쨌든 상관없겠지. 먹지 않으면 먹히는 곳이니까. 그렇게

해. 그들로 하여금 대공자를 치도록 해."

"알겠습니다."

$$* \qquad * \qquad *$$

"가주께서 나를 이곳의 총령으로 임명했군."

"나쁘지 않군."

"자네가 병무령과 함께 특무대의 대주를 맡아줘야겠어."

"내가? 용병인 내가?"

아론은 거듭 확인했다. 하지만 길버트는 별로 신경 쓰지 않는 듯했다. 이미 특무대는 그를 용병으로 보는 것이 아닌, 자신들을 이끌어준 스승으로 보고 있었다. 그에 길버트는 어깨를 으쓱해 보였다.

"뭐 어떤가? 지금까지 특무대의 부대주를 잘해왔잖은가?"

"거기에 용병대의 대장이기도 하지."

"좋지 않나? 용병들도 같이 훈련시키고 말이지."

"자네가 힘들어 질 텐데?"

"뭐 언제는 안 힘든 적이 있던가?"

"그럼 내무령은?"

"더글러스가 있지 않은가?"

"놀고먹겠다는 말이로군."

"흠. 들켰군. 그리고 가주께서 근시일 내에 자네와 함께 보자고 하시더군."

"빠르면 빠를수록 좋아."

"그 정도인가?"

"뭔가 예감이 안 좋아."

"예감이라……."

아론의 말에 고개를 주억거리는 길버트.

"자네가 그렇다면 그런 것이겠지. 하면 언제가 좋겠나?"

"음. 상황을 봐야겠군. 자네가 총령이라면 일단은 어느 정도 체계를 잡아야 할 테니까 말이네."

"그건 그렇군. 그 기간을 한 달 정도로 잡을 생각인가?"

"더 빨라질 수도 있겠지."

"좋군. 자, 그럼 시작해 볼까?"

길버트는 의욕적으로 외쳤다. 생각보다 빠르게 자리를 잡게 된 지금의 상황이 참으로 기꺼운 모양이다. 표현하지는 않았지만 그의 얼굴은 훨씬 안정적인 표정을 짓고 있었다. 이후 그들의 움직임은 일사천리였다.

아론은 임페리움이라는 용병대를 정식으로 발족시켰고, 제라르와 얀센을 호위 및 훈련 교관에 임명하였다. 그리고 작전과장 및 본부 중대장을 브라이언이, 정보과장 및 1중대장을 마이크가, 인사과장 및 2중대장을 유리에게, 그리고 군수과장 및 3중대장을 니콜라이로 임명했다.

또한 그들은 총령인 길버트에 의해 이중 직책을 맡게 되었으니 바로 아론이 병무령과 특무대대 대주가 됨과 동시에 부병무령에 제라르, 참령에 브라이언, 특무대 부대주에 얀센, 정보원에 마이크가 임명되었다.

그리고 길버트를 따르던 네 명의 기사는 길버트 직속의 기사단에 소속되어 키루스 아케메네스가 레드 와이번 기사단의 기사단장이 되었고, 로버트 브루스가 부단장이 되었다. 그리고 벨리사리우스와 트라야누스는 수석기사가 되었다.

기사가 아닌 용병이 한 지역의 군령이 되고 부군령이 될 수 있는 이유는 순전히 길버트가 총령이라는 지위를 가지고 있었기 때문에 가능한 일이었다. 또한 그들을 따르는 기사들이나 특무대원들이 그들의 실력을 충분히 인지하고 있기 때문인지도 몰랐다.

어쨌든 길버트는 플랑드르의 민심을 안정시키기 위해 3년간 각종 세금을 면해주고, 노예를 평민으로 면천시켜 주었으며, 대대적으로 병사들을 모집하고, 광부들과 목동들에게 우대 조건을 걸어 그들을 다시 불러 모으기 시작했다.

"병사들을 새로 모집한다는군."

"그중에 실력이 뛰어나면 기사도 될 수 있다고 하는데?"

"그러면 뭐 하나. 또 얼마 지나지 않아 이전과 똑같이 될 터인데."

"그래도 이번에 온 총령은 플람베르 가문의 대공자라고 하더군."

"그래? 그럼 이번에는 좀 다르려나?"

"그럴 수도 있겠지."

"아마 다를 거야. 저기 저들이 보이지?"

"어디?"

"저기 흰색 건물 말이야."

"그야 뭐. 근데 왜?"

"저기가 용병대 건물이라고 하더군."

"용병대? 그게 뭐 어때서? 이전에도 있었지 않은가?"

"이전에는 가문에서 키운 용병대였지."

"그럼 이번에는 아니란 말인가?"

"그래. 사설 용병대라는 거야. 그것도 이번에 이곳을 탈환하는 데 지대한 공을 세웠다고 하더군."

"그래? 그거 참 별일이군."

"별일 정도가 아니야. 이번에 병무령으로 임명된 사람이 저기 용병대의 대장이라는 거야."

"뭐? 그게 정말인가? 그러면 큰일이지 않은가?"

"왜?"

"병사들이나 기사들이 말을 듣겠냐고."

"안 들으면 어쩔 건데?"

"그야 그렇지만 말이지."

"흥! 용병들이 병사들을 가르친다고? 웃기지도 않는 소리."

한 털보 장한이 코웃음 쳤다.

"기사들도 가르친다는데?"

"뭐? 기사들까지?"

말도 안 된다는 표정을 지어 보이는 털보 장한. 그 장한은 아무런 말도 없이 있다가 갑자기 신형을 홱 돌려 사라졌다. 그런 털보 장한의 모습에 잠시 술렁이기는 했으나 이내 평민들의 신경은 온통 공회당에 붙인 총령의 방문에 있었다.

"거참, 이거 글을 읽을 수 없으니."

"어이! 대체 이게 무슨 뜻이오?"

사람들의 아우성에 방을 붙이던 이가 알겠다는 듯이 손을 들어 그들을 진정시키고 입을 열었다.

"아아~ 조용, 조용하시오. 글을 읽을 줄 아는 사람도 있겠지만 글을 읽지 못하는 사람들도 많을 터이니 이제부터 본 송언관(방문을 붙이고 관리하며 읽어주는 사람)이 이 방문의 내용을 하나하나 알려주겠소. 그러니 조용히들 해보시오."

"허어~ 송언관? 그건 또 뭐래?"

"아따, 이 사람이. 방문을 붙이고 관리하고 읽어주는 사람이잖여."

"어허~ 그려, 그려."

"그거 참 좋은 직책이로구만."

사람들은 긍정적인 얼굴을 해 보였다. 이전의 총령이나 그런 사람들과 다르게 방문을 설명해 주는 사람이 있으니 상당히 편했다.

이전에는 글을 읽을 줄 아는 사람이 일일이 설명해 주거나 그런 사람이 없으면 방이 붙어 있어도 그냥 그런 모양이다 하고 지나갔다.

"이번 총령은 좀 다른데?"

"그러게 말일세. 방문을 설명해 줄 사람을 배치하다니 말이야."

"거 조용히 좀 합시다."

"알았네, 알았어."

그렇게 서로 나직하게 대화를 하던 이들은 이내 목청을 가다듬고 있는 자를 바라봤고, 사람들이 조용해지자 그는 곧바로 입을 열어 외쳤다.

"첫째, 플랑드르를 무단 점유할 당시 노예로 강등된 자들을 모두 평민으로 복권시킨다! 또한 그 이전에 노예로 강등된 이들 역시 모두 복권시키는데, 그들은 심사를 통해 그 죄질이나 타당성을 검토한다!"

"오오~ 그것 참 좋은 일이로군. 당연히 그래야지."

송언관의 외침에 사람들은 웅성거렸고, 그중 고개를 들지 못하고 있던 몇몇의 고개가 빠르게 들렸다. 그들의 이마에는 아주 선명하게 노예의 인장이 있는 바, 단번에 그들이 노예라는 것을 알 수 있었다.

처음에는 멀찍이서 몸을 사리며 서 있던 그들 역시 어느새 가까이 다가와 사람들 틈에 섞여 송언관의 말에 집중했다.

"어? 자네는……."

그리고 사람들 중 그 노예의 인장이 찍힌 자를 잘 아는 듯한 말이 흘러나왔다. 그들과 함께 농사를 짓고 광부 생활을 하던 사람이지 않은가? 감독관에 밉보여 노예가 되었지만 사람들은 여전히 그를 동료로 인정하고 있었다.

"살아 있었구만, 살아 있었어."

노예를 아는 사람의 행동에 처음엔 살짝 불편한 얼굴을 하던 사람들은 이내 고개를 들고 송언관의 말에 집중했다.

"커흠. 둘째로 플랑드르의 각종 행정을 맡아 처리할 속관을 뽑을 것이오."

송언관의 말에 사람들은 다시 웅성거리기 시작했다. 전통적으로 속관은 영주의 친인척이나 총령에게 충성을 다하는, 혹은 아부를 다하는 자들로 채워졌다.

그런데 그런 속관을 뽑는다고 하니 놀라지 않을 수 없었다. 속관이라 하면 지금 방문을 알려주고 관리하는 송언관부터 총령과 기사단, 혹은 경기병 등의 말을 관리하는 마궁수, 문서를 관리하는 문서관, 세금으로 내는 곡식 및 물자를 관리하는 공조관이 있다.

또한 세금을 관리하는 징세관과 병사들을 모으는 모병관, 총령이 다스리는 지역의 치안을 유지하는 치안관과 법률을 집행하는 집법관, 농업을 관리하는 농민관이 있다.

이 아홉 개의 속관은 모두 총령 측근이거나 영주 측근의 사람들이었다.

그런데 그런 전통을 무시하고 속관을 공개 선발하겠다니 웅성거리지 않을 수 없는 것이다. 말이 속관이지 그 여덟 개 조직의 속관들은 무소불위의 힘을 발휘했다. 오히려 총령이나 영주보다 더 두려운 존재들이었다.

영주나 총령은 그저 가장 위에 있는 사람에 불과했지만 이 속관들은 직접적으로 사람들과 부딪치는 이들이었으니 당연히 더 무섭고 공포스러운 존재가 될 수밖에 없었다.

"한 명씩 뽑는 거요?"

그때 누군가 물었다.

"잘 물었소이다. 한 명이 아니오. 플랑드르에는 두 개의 시와 네 개의 현이 있소. 그 모든 곳의 속관을 뽑는 것이고, 속관의 휘하에 둘 관리까지 선발할 예정이니 꽤나 많은 수가 필요할 거요."

"그렇게 두루뭉술하게 말하지 말고 탁 말해주쇼."

"각각 아홉 명의 관장과 관장 이하 다섯 명의 속관을 둘 예정이오. 해서 총 324명을 선발할 예정이오."

놀라운 일이었다. 이전이라면 꿈도 못 꿀 일임에 분명했지만 어쨌든 속관을 선발한다니 글깨나 안다는 사람은 모두 참여할 것이다. 하지만 언제나 긍정적인 반응을 불러일으키는 것은 아니었다.

"헤헹. 그렇게 말해놓고 다 한 다리 건너서 아는 놈을 추천하겠지."

누군가 송언관이 들리지 않도록 나직하게 말했다. 물론 지금까지는 이렇게 공개적으로 속관을 선발하지 않았을 뿐만 아니라 대충 9개 속관의 관장들만 능력도 없는 친인척으로 채워 넣고 휘하 관리들은 그 관장의 재량으로 놓아두었다.

영주나 총령에게는 거둬들일 세금과 본가나 왕국에 낼 세금, 그리고 자신의 뱃속을 채우면 그뿐인 아무런 의미가 없는 조직이었으니까 말이다. 따라서 징세관이나 치안관, 집법관은 언제나 영주나 총령의 최측근으로 선발했고, 머리 좀 돌아가는 놈들로 채워놓았다.

지금까지 쭉 그래왔으니 송언관의 말을 곧이곧대로 믿을 이는 별로 없었다. 그나마 이렇게 송언관이 나서서 세세하게 설명한다는 것 자체가 상당히 이례적인 일이긴 했다.

"노예의 인을 삭제하는 것은 어떻게 하면 되오?"

"아! 그건 일단 집법관에게 가서 죄질을 따지고 합당한 이유 없이 노예가 되었다면 바로 문서관에게 가서 노예 문서와 함께 노예의 인을 삭제하게 될 거요."

"정말 그게 가능하오?"

"총령께서 직접 하명하신 일이오. 그리고 분명히 알아야 할 것은 총령께서는 플람베르 가문의 대공자라는 것이오."

송언관의 말에 다들 고개를 끄덕였다.

총령이나 영주나 다 거기서 거기이기는 하지만 그래도 영주보다 총령이 훨씬 더 낫다. 왜 그런고 하니 기사나 가병을 모집하는 데 있어서 영주처럼 강제할 수 없기 때문이다.

그러하기에 어느 정도 사람들의 지지를 받지 않으면 절대 가병을 지원하지 않았다. 그래서 영주보다는 총령이 사람들에게 인망이 더 두터웠다. 적어도 영주처럼 강제로 수탈은 하지 않으니까 말이다.

상행을 하여 돈을 벌어들임으로써 가문을 유지하고 있기 때문이다. 특히 이 플랑드르는 플람베르 가문이 관리하는 가장 핵심적인 지역 중 하나였고, 영주의 입김보다는 총령의 입김이 더욱 강하게 작용하기는 했다.

물론 대부분의 에쿼스의 서역에 존재하는 지역은 영주나 귀족보다는 가문의 입김이 디욱 크게 삭용했다.

"답이 되었소?"

"되었소."

"자, 그럼 다음을 이어가겠소."

그렇게 송언관은 사람들의 질문에 세세하게 답을 하고 방문에 쓰여 있는 것을 모두 사람들에게 공표했다.

하루만 그렇게 방문 옆에 있는 것이 아니라 약 열흘 동안 방문 옆에 기거하면서 문답을 하고 방문의 내용을 알려주었다.

그 방문으로 인해 플랑드르 전역은 들끓고 있었다. 이전에 보지 못한 상황이었기 때문이다. 사람들은 이 모든 것이 모두 총령의 명에 의해서 이루어진 것으로 알고 입을 모아 총령을 칭송했다.

"쩝. 이거 내가 칭찬을 들어야 할 일인가?"

변복을 하고 있던 길버트는 손가락으로 볼을 긁적이며 말했다. 그의 앞에서 불량한 자세로 미지근한 맥주를 마시고 있던 아론은 맥주잔을 내려놓으며 입을 열었다.

"그럼?"

"솔직히 난 자네가 올린 기안서에 인장을 찍은 일밖에 없잖나?"

"자네가 인장을 찍지 않았으면 이런 방문은 붙을 수 없었겠지."

"그건 그런데 말이지, 어쨌든 이런 기발한 생각은 대체 어떻게 한 건가? 내가 알기로 기껏해야 속관은 징세관, 치안관밖에 없는 걸로 알고 있는데 말이지."

"몰라서 그렇지 다 있던 조직이야. 옛 문헌을 찾아보면 다 있네."

"그래? 근데 왜 나는 몰랐지?"

"책을 안 읽었으니까."

"난 그래도 꽤 많이 읽은 축에 속하는데?"

"많이 읽은 축이면 안 되지. 플람베르 가문의 대공자이고 어쩌면 가문을 이을지도 모를 신분에 있는 사람이 말이야. 휘하에서 올라오는 건의나 일을 처리하는 데 있어 모든 것을 전문가처럼 다룰 수는 없지만 통찰할 수는 있어야 하네."

"맞는 말이긴 한데……."

"그러니까 책을 읽게."

"머리가 아파서……."

"졸린 게 아니고?"

"졸리기도 하고."

길버트의 말에 피식 웃어버리는 아론이었다.

실제 송언관이나 농민관, 혹은 마궁수 등은 원래 있던 속관이다. 하지만 유명무실했다. 세금과 식량을 거둬들이고 치안을 유지하는 깃 외에는 쓸모없다는 생각에서였다.

하나 점점 하나둘 그 이름만 존재하고 유명무실해진 상황에서 아론은 전격적으로 그 모든 것을 부활시킨 것이다. 그래서 과거의 문헌을 공부하고 책 읽기를 좋아하는 식자들의 전폭적인 지지를 이끌어낼 수 있었다.

일단 그 모든 것이 영주가 행하는 것이 아니라 플람베르 가문의 총령이 행하는 것이었고, 최초로 공개적으로 실시한 것이니 속는 셈 치고 그를 지지하는 것이다. 적어도 한두 개 정도는 실시되지 않을지라도 절반이라도 실시되면 그건 그것대로 사람들에게 좋은 일이 되기 때문이다.

영주나 총령의 측근에 붙어 아부를 하는 식자들도 있겠으나, 아직까지는 그렇지 않은 자들이 더욱 많았기에 가능한 일이라 할 수 있었다.

"어쨌든 이렇게 해서 어느 정도 자리를 잡고 난 후 가문을 한번 방문해야 하겠군."

길버트의 말에 살짝 눈살을 찌푸린 아론이 다시 입을 열었다.

"될 수 있으면 빨리 다녀왔으면 좋겠는데 말이지."

아론의 반응에 길버트는 슬쩍 아론을 바라봤다. 자신보다 더 가주를 걱정하는 모습이 나쁘지 않았기 때문이다.

"꼭 그래야만 하나?"

"그래야지."

"왜?"

"이 상황이 조금 이상해서."

"이 상황? 어떤?"

"플랑드르를 칼뤼베이우스 가문에서 전격적으로 무단 점령한 이유 말이지."

"그건……."

"대외적으로야 과거의 땅을 되찾는다는 명분이겠으나 이미 2백 년 전의 상황이지. 그런데 왜 지금에 와서 이곳을 되찾으려 할까? 그것도 플람베르 가문의 가주가 와병 중인 상황에서 말이지. 그리고 자네 말대로라면 가주는 그레이트 마스터야."

"그렇지."

"그레이트 마스터가 병에 걸릴 수 있다고 보는가? 소드 마스터만 되어도 인간의 범주를 벗어난 존재라고 하는데 말이지."

"그건……."

"자네도 마스터이니 잘 알겠지. 그것이 불가능하다는 것을."

"그래."

"그러면 남는 것은 뭘까?"

"일부러거나… 설마… 독!"

"그래."

아론의 말에 깁버트는 인상을 찌푸렸다.

"하나 그레이트 마스터를 독으로 중독시킬 만한 독이 과연 있던가?"

"세상에는 알려진 것보다 알려지지 않은 것이 더 많아."

"그렇긴 하네만……."

여전히 믿을 수 없다는 듯이 답하는 길버트는 아론의 말을 전부 믿고 싶지 않았다. 강철과도 같던 자신의 아버지다. 그런 아버지가 독에 당했다? 있을 수 없는 일이었다. 그런데 그 있을 수 없는 일이 지금 일어나려 하고 있었다.

그래서 오히려 더 믿고 싶지 않았는지도 모른다. 그리고 아론의 말을 들은 이후 마음이 조급해지기 시작했다. 그때 아론이 손을 길버트의 어깨에 올렸다.

"자네 아버지는 강한 사람일 것이네. 하루 이틀 늦어진다 해서 그 독이 아버지를 어떻게 할 수 있지는 않을 것이야."

"그도 그렇군. 나의 아버지는 강한 사람이지. 감히 올려다보기도 어려울 정도로 말이지."

"그래, 이 순간 필요한 것은 조급함이 아니라 믿음이네."

"그렇군."

"그리고 나는 자네가 용병임에도 불구하고 인정해 준 친구이기도 하고 말이지."

"그렇지. 자네가 있었지. 자네가."

"일단은 당면한 문제를 해결하게. 언제 어떻게 칼뤼베이우스 가문이 도발해 올지 모르니 말이지. 한 번 하기가 어렵지 두 번은 쉬운 법이니까."

"그래야겠지."

우선은 플랑드르를 안정화시키는 것이 중요했다. 속관을 선발하는 공개 테스트를 치르고 각 속관들이 자리 잡은 이후 아론과 함께 아무도 모르게 본가를 다녀올 작정이다.

CHAPTER 5

인재들

　아론은 지금의 상황을 그리 낙관적으로 보고 있지 않았다. 시원하게 뚫리기보다는 왠지 모르게 어딘가 막히고 답답한, 혹은 스스로 움직이는 것이 아닌, 누군가에 의해 움직여진다는 느낌을 받고 있었다.

　'마치 누군가에 의해 거대한 판이 만들어져 그 위에서 놀아나고 있는 느낌이다.'

　바로 그것이 아론의 얼굴이 펴지지 않는 이유였다.

　'하지만 조금 더 두고 봐야겠지.'

　이것은 오로지 아론 자신만의 감각에 의한 것이다. 뚜렷한

증거도 없는, 그냥 이상하게 판이 짜인 것 같다는 느낌말이다. 그렇게 아론은 조금 더 현 상황을 예의 주시하기로 다짐하고 플랑드르를 정상화시키는 데 전력을 다했다.

*   *   *

무려 한 달간의 준비와 공표를 거쳐 마침내 속관 시험이 시작되었다. 각 속관은 9개 시험관으로 나눠져 치러졌는데 문제는 대부분이 글을 읽고 쓰는 방법을 모른다는 것이었다. 특히나 치안관이나 농민관, 그리고 마궁수의 경우에는 글을 읽고 쓸 줄 모르는 이가 7할 이상이었다.

그에 특무대의 길버트와 아론은 물론 글을 쓰고 읽을 줄 아는 특무대의 모든 이가 동원됐다. 읽고 쓸 줄 모르니 그들은 지원자들이 구술을 하면 그것을 받아 적어 시험지를 제출하는 방식이다.

"세상에, 총령이 직접 답을 작성하다니……."

"이런 경우는 또 처음일세."

"총령뿐인가? 글을 읽고 쓸 줄 아는 기사란 기사는 다 동원된 것 같구만."

그것은 참으로 보기 드문 진귀한 풍경이라 할 수 있었다.

속관으로 지원한 자는 서서 구술을 하고 기사들은 자리에 앉아 지원자가 구술한 내용을 받아 적고 있었으니 말이다. 그리고 그 진귀한 광경은 이곳에서만 일어나고 있지 않았다.

"다음!"

"끄응!"

기사가 담담하게 외치자 바닥에 나동그라진 치안관 지원자는 앓는 소리를 내며 자리에서 일어나 시험자 대기석으로 이동했다.

"후우~"

"어때?"

"벽이네, 벽."

"벽?"

방금 시험을 치르고 온 지원자 곁으로 또다른 몇 명의 지원자들이 몰려들어 물었다. 시험을 치른 자의 대답에 한 사내가 고개를 갸웃했다.

"그렇게 단단해 보이지 않는데?"

"나도 그렇게 보았는데… 이상하게 힘을 줄 수가 없더군."

"힘뿐만이 아니야. 마치 내가 어디를 어떻게 칠 줄 알고 있는 듯했어."

방금 들어온 지원자보다 먼저 시험을 치르고 온 자가 입을 열어 동조했다.

"그 정도요?"

"안 당해봤으면 말을 하지 마시오. 벽도 그런 벽이 없수."

"오호라! 그렇단 말이지?"

그때 한 명의 지원자가 걸걸한 목소리를 내고 있다. 사람들은 소리가 나는 쪽을 바라보더니 이내 고개를 돌렸다. 보통 사람보다 머리 하나가 더 크고 상체는 훌러덩 벗어던진 채 양손에 어린아이 팔뚝만 한 두께의 베틀엑스를 들고 있는 자가 보인다.

"허어~ 자네가 여긴 웬일인가?"

"껄껄껄, 나도 출사 한번 해보려 하오."

"어허! 이런, 이런. 자네가 왔으니 난 포기해야겠군."

장한의 말에 나이든 사내는 고개를 절레절레 저었다. 뒤돌아 장한이 사라진 쪽을 바라보는 나이든 사내에게 곁의 누군가 물었다.

"아니, 대체 누구기에 그렇수?"

"아! 혹시 들어봤나? 기네딘이라고."

"기네딘?"

"아! 그보다 골로프킨이라고 하면 알겠나?"

"아! 나이트 골렘!"

그제야 누군지 알겠다는 듯이 답하며 새삼스럽게 한쪽 편에 앉아 자신의 순번을 기다리고 있는 기네딘을 바라봤다. 그는 이름보다 별칭인 나이트 골렘 골로프킨으로 더 많이 알려진 자였다.

그때 나이트 골렘이라는 말을 내뱉은 사내는 치안관 시험을 보러 온 사람들을 둘러보았다. 그리고 그는 고개를 저을 수밖에 없었다. 플랑드르에서 유명하다고 하는 자들이 다 모여들고 있었다.

물론 이곳은 기사를 뽑는 곳이 아니었다. 단순히 치안관을 뽑는 자리였다. 그럼에도 불구하고 난다 긴다 하는 이들이 모두 몰려들었다.

'단순히 치안관을 지원하기 위해서만은 아니겠지.'

치안관으로 뽑히기 위해서는 어느 정도의 무력을 지니고 있어야만 했다. 왜냐하면 총 두 가지의 치안관 시험이 치러지는데, 첫 번째가 바로 무력을 검증하는 일이다.

치안관에 지원한 이들도 모두 알고 있다. 치안관이 단순히 무력만 강해서 되는 것이 아니라는 것을 말이다.

어느 정도 병력을 통솔할 수 있는 통솔력과 글을 읽고 쓸 줄 알아야 했다. 그래서 일반적인 치안관을 선발하는 과정과는 상당히 차이가 있었다.

'저자는…….'

그때 다시 한곳으로 시선을 두는 사내. 크지 않은 체구지만 단단하고 다부진 몸을 가지고 있다.

"끄응. 카스트로까지."

앓는 소리를 내는 사내의 옆을 무심코 툭 치고 지나가는 자가 있었는데 민머리에 검은색 피부를 지닌 자였다. 상당히 큰 키에 잘 단련된 몸 때문인지 마치 한 마리의 날렵한 흑표범을 보는 것 같은 느낌이 들었다.

'노예 검투사 막시무스.'

노예 검투사라고는 하지만 그 누구도 그를 함부로 대하지 못했다. 이 시대의 노예라는 것이 진정 노예이기 때문에 노예인 자는 단 한 명도 없었다. 물론 살인을 저지르거나 어떤 악한 짓을 저질러 노예로 전락한 자가 대부분이기는 하지만 노예 검투사라 불리는 막시무스는 또 달랐다.

'쯧. 좀 힘들겠군.'

사내는 인상을 찌푸렸다.

자신이 알아볼 수 있는 실력자가 벌써 세 명이다. 생각해 보면 플랑드르가 손바닥만 한 것도 아니고 상당한 초지와 함께 골이 깊은 험한 산이 드넓게 퍼져 있는 넓디넓은 지역이다.

'대체 얼마나 많은 실력자가 몰려왔을까?'

사내는 나직하게 한숨을 내쉬며 생각에 잠겼다. 그러는 동안에도 치안관 1차 관문 시험은 끊임없이 계속되고 있었다.

"울트 가모프다."

기사 한 명이 시험관 앞에서 철저하게 시험관을 무시하는 모습을 보였다. 사실 그럴 수밖에 없는 것이 기사를 시험할 자가 기사가 아닌 용병이라는 점 때문이었다. 그러하기에 울트라는 기사는 몹시 못마땅한 얼굴이 되어 자신을 소개하고 있었다.

"기산가?"

"기사다."

"실격!"

바로 실력 판정이 내려졌다.

꿈틀!

"지금 뭐라 했는가?"

"다음!"

울트는 기세를 끌어 올렸다. 하지만 접수관은 신경조차 쓰지 않고 외쳤다.

콰앙!

울트는 분을 참지 못하고 접수관 앞에 놓인 탁자를 내려쳤다.

"감히 용병 주제에 기사를 시험하려 드는가?"

"그런데 왜?"

접수관은 담담하기 그지없었다. 마치 귀찮아 죽겠다는 표정을 지어 보였다.

"바쁘니까 비켜!"

"네놈이 감히……!"

주먹을 부들부들 떨며 분노하는 울트. 사람들은 별 시답지 않은 표정을 지어 보이며 기사를 바라보는 접수관과 분노를 참지 못해 얼굴을 벌겋게 물들이며 부들부들 떨고 있는 기사를 흥미롭게 바라봤다.

몇 명의 접수관 역시 그 모습이 재미있다는 듯 두 사람을 지켜봤다. 접수관이 그런 자세를 취할진대 시험을 치르는 이들은 어떠할까?

그들 역시 그 모습을 지켜보고 있었다. 그들의 시선이 접수관과 기사에게로 향하자 시험관은 한숨을 나직하게 내쉬더니 고개를 저으며 자리에서 일어났다.

앉아 있을 때는 몰랐는데 일어서니 덩치 좋은 기사와 별차이가 없는 체구의 시험관이다.

그는 여전히 무표정한 얼굴이었다. 그는 일어서며 한쪽 편에 세워둔 투박하고 기형적인 대검을 잡아 어깨에 턱 걸치며 말했다.

"따라와."

"뭐……."

"아무리 경우가 없다 할지라도 이곳에서 칼부림하기는 좀 그렇잖아?"

"그건……."

"거참 말 많네. 네 말대로 시험을 치러주겠다는데 뭘 그리 뭉그적거려?"

그러면서 성큼성큼 걸어 나가는 접수관. 따로 실력을 검증하는 시험관이 아니라 그저 접수만 하는 접수관이 직접 검을 들고 나서니 어처구니없어하는 표정을 지어 보인 기사 울트가 나직하게 말했다.

"오냐. 죽기를 원한다면 그리해 주마."

그에 기사 울트는 접수관을 씹어 삼킬 기세로 이를 갈며 저 앞에 휘적휘적 걸어가고 있는 접수관의 뒤를 따라 나갔다. 그가 시험대로 향함에 응시자들을 시험하던 특무대의 기사들이 검을 거두고 그에게 허리를 숙여 예를 표했다. 그런 기사들의 모습에 기사 울트는 자신도 모르게 인상을 찌푸렸다.

'어찌 기사가 천한 용병에게······.'

기사 울트는 짜증과 분노가 한꺼번에 몰려옴을 느꼈다. 아무리 세상이 어수선하다고 해도 기사는 기사이고 귀족은 귀족이다. 아무리 귀족 계급의 최하층에 자리하고 있는 기사라 할지라도 명예를 아는 기사는 함부로 허리를 굽히지 않는다.

그런데 그런 기사가 허리를 가감 없이 숙이다니 저들은 대체 뭐란 말인가?

순서를 평민들, 혹은 과거 노예였다가 사면령에 의해 면천을 한 노예들과 함께 뒤섞여 기다리는 것도 참을 수 없었는데 기사들이 일개 용병에게 고개를 숙이는 모습에 그의 분노가 폭발했다.

"배알도 없는 놈들!"

기사 울트는 허리를 숙이는 기사들을 향해 으르렁거렸다.

기사들 역시 그 소리를 들었을 것이다. 그런데 기사들의 표정은 '무슨 이런 거지같은 놈이 다 있나?' 하는 표정이다. 그가 불쌍하다는 표정이 역력하게 드러나 있다.

'어이고, 저 불쌍한 호구.'

'꼭 저런 놈들이 있더라고.'

'오늘 곡소리 좀 나겠는데?'

'저 양반 성격에 그냥 끝날 리는 없는데…….'

이것은 접수관 실력을 검증하는 심사관들의 생각이었다.

그리고.

'흥미로운데?'

'접수를 받는 자가 심사를 담당하는 기사들에게 존경의 예를 받는다니 말이야.'

'저런 새끼는 콱 밟아줘야 하는데 말이지.'

'그래, 그렇지. 기사는 역시 그래야지.'

'그렇지 않아도 용병 주제에 접수대에 앉아 있는 모습이 거슬렸는데 말이지.'

시험대로 오르는 이름 모를 접수관을 응원하는 자가 있는

가 하면 기사의 당당한 기백을 응원하는 이들도 있었다. 하지만 겉으로 드러나지 않은 속마음일 뿐이다. 겉으로 드러내기에는 걸리는 것이 너무 많았다.

시험대에 오른 접수관은 신형을 돌려 어깨에 걸치고 있던 투박한 대검을 내리며 기사 울트를 바라봤다. 그리고 기사 울트가 자신의 맞은편에 섰을 때 나직하게 입을 열었다.

"플랑드르의 병무령 아론이라고 한다. 출신은 용병이고. 이러면 소개는 끝난 건가?"

"……!"

아론의 소개에 기사 울트는 살짝 놀라 눈을 치떴다. 그럴 수밖에 없는 것이 병무령이라면 플랑드르의 총령 예하의 가장 막강한 권력을 휘두르는 존재가 아닌가?

그런 존재가 접수대에 있을 줄 누가 알았겠는가?

그런 기사 울트를 바라보며 아론은 투박한 대검을 어깨에서 내려 비무장의 바닥에 대고 몸을 슬쩍 비틀었다.

그 순간.

'틈이 완벽하게 사라졌다.'

단순한 하나의 동작일 뿐이었다. 그럼에도 기사 울트가 보는 아론의 모습에는 어떠한 틈조차 보이지 않았다. 수십, 수백의 틈이 일시에 사라져 버린 것이다.

"뭐 하나? 그냥 그런 용병이 아니고 병무령이라 쫄았나?"

아론의 말에 흠칫하는 기사 울트.

"그럴 리가……."

"없으면 들어와."

"이익!"

순간 울트는 연무장의 바닥을 박차며 앞으로 튀어나갔다.

갑작스러운 만큼 순식간에 아론을 향해 쇄도해 들어왔다. 하지만 아론은 전혀 다급하지 않은 표정으로 자신을 향해 쇄도해 오는 울트를 바라보다 슬쩍 발을 빼 피했다.

울트는 자신의 공격이 실패로 돌아간 걸 알고 곧바로 중심을 이동하며 몸을 돌려 세우려 했다.

하지만.

퍽!

그의 옆구리에 화끈한 통증이 전해졌다.

"커헉!"

짧고 답답한 소리를 내며 옆구리를 활처럼 휘는 울트. 그 순간 그는 볼 수 있었다.

자신 정도는 무기를 쓸 필요도 없다는 듯이 어느새 투박한 대검을 회수해 등에 착용하고 맨손으로 자신을 공격하고 있는 아론을 말이다.

그 순간 울트의 눈이 커졌다.

손날이 목을 향해 날아들었다. 그는 화들짝 놀라 허리를 뒤로 꺾었다. 주변에서 보기에는 실로 눈부실 정도로 빠른 속도였으나 당하는 당사자인 울트의 눈에는 그야말로 느릿하게 보였다.

느릿하고 날카로웠다. 손날이 아니라 칼날과 같았다.

치이이잉!

들어 올린 헬름의 앞창이 그의 손날에 의해 깔끔하게 잘려 나갔다.

그의 눈동자는 너무 놀라 더 이상 커질 수 없을 만큼 커졌다. 하지만 그는 놀라고 있을 수만은 없었다. 어느새 그의 헬름 뚜껑을 반듯하게 자르고 나간 손이 마치 새의 부리처럼 변해 자신의 가슴을 쪼아오고 있었다.

터더덩! 터어엉!

"크으으윽!"

동시에 가슴을 중심으로 몸통 전면에서 느껴지는 형언할 수 없는 통증, 그리고 마치 깨져 나갈 듯이 움푹움푹 파인 풀 플레이트 메일.

투후욱!

울트는 등부터 느릿하게 연무장의 바닥에 부딪쳐 갔다. 입에서는 타액과 함께 핏물이 쏟아져 나왔고 눈은 부릅뜨고 있었으며 그의 손은 안타깝게 허공을 휘젓고 있었다.

쿠우우웅!

둔중한 소리를 내며 떨어져 내리는 울트.

"쿨럭!"

그는 답답한 듯 떨어지며 피를 한 움큼 토해냈다.

"끄으윽!"

그는 겨우 정신을 붙잡고 있었다. 그러다 그것조차 힘든지 이내 손과 발을 크게 벌리고는 거친 숨을 몰아쉬었다. 그런 울트를 바라보며 아론이 나직하게 말했다.

"기사든 용병이든 실력으로 존재를 증명해라. 그것이 무력이든 지력이든 간에 말이다. 실력도 없으면서 알량한 자존심이나 지위로 상대를 누르려고 하지 마라. 그렇다면 고작해야 동네 양아치와 같은 수준밖에 되지 않는다."

아론은 그 말을 마침과 동시에 신형을 돌려 자리를 벗어났다. 그가 자리를 벗어나자 용병들이 다가와 울트의 발목을 잡아 연무장 밖으로 끌어내렸다.

"아따, 실력도 없는 놈의 새끼가 징허게 무겁네."

"그러게. 꼭 이런 놈이 있드라고. 되지도 않은 실력으로 유세 떠는 놈들 말이야."

그들의 옆으로 시험관이 다가와 그들의 어깨를 두드리며 말했다.

"수고했네."

"뭐 늘 있는 일인데 말이죠."

용병과 기사는 아주 편하게 서로를 대하고 있었다. 모두 거기에 신경 쓰고 있을 때 아론이 자리 잡은 곳으로 한 명의 사내가 다가와 입을 열었다.

"병무령님, 시간 됐습니다."

"그런가? 그럼 수고하도록."

"알겠습니다."

그러고는 풀 플레이트가 아닌 가벼운 경장을 입은 기사가 아론이 앉아 있던 접수대에 앉아 접수관을 대행했다.

"다음!"

힘차게 외치는 기사. 그 누구도 불평불만을 하는 자가 없었다. 그중에 몇몇은 사라지고 있는 아론의 뒷모습을 바라보고 있었다.

'용병 출신 병무령이라……'

'들리는 소문에는 병무령이 용병대의 대장이라고 하던데……'

'나에게 맞는 것은 틀에 박힌 기사가 아닌 자유로운 용병이다.'

생각을 굳힌 몇몇의 응시자가 자리를 벗어났다.

'어딜 가는 거지? 물론 저들이 빠지면 우리야 좋지만.'

그런 이들의 동요에 응시자들은 살짝 고개를 끄덕이고 있었다. 자신도 모르게 미소가 떠오르는 것을 억지로 참고 있는 모양새다. 그러거나 말거나 치안관을 선발하는 시험장에서 빠져나온 아론은 서서히 걸음을 옮기고 있었다.

그의 뒤에는 세 명의 사내가 따라가고 있었는데 그것을 아는지 모르는지 아론은 여러 곳에서 동시다발적으로 치러지고 있는 시험장을 둘러보고 있었다. 그리고 한적한 곳에 다다랐을 때 그의 걸음이 멈췄다.

우뚝!

그의 걸음이 멈춤에 따라 그를 따르는 세 명의 사내 역시 걸음을 멈췄다. 서서히 신형을 돌린 아론이 그들을 바라보며 물었다.

"무슨 일인가?"

"임페리움 용병대의 대장입니까?"

"그런데?"

"혹시 임페리움에서도 대원을 뽑습니까?"

"대원이야 언제든지 뽑고 있지."

아론의 말에 희색을 띤 자가 말했다.

"대원으로 지원하고 싶습니다."

그자의 말에 아론은 그를 잠시 일별하며 입을 열었다.

"아무리 봐도 용병이나 평민은 아닐 듯싶은데……."

"아! 늦었습니다. 기네딘 골로프킨이라고 합니다. 나이는 스물다섯이고 열 살 적에 멸문한 기사 가문의 생존자입니다. 수

르트 출신입니다."

"기사 가문이라? 한데 왜……?"

이해할 수 없다는 아론의 말에 기네딘은 그럴 줄 알았다는 듯 신중하게 말했다.

"기사 가문이라고는 하지만 다시 기사 가문에 오를 수 있는 방도는 적다고 생각합니다."

"왜지? 공을 세우면 될 터인데?"

"물론 그렇습니다만 공을 세운다고 해서 그 공이 온전하게 내 것으로 이어진다는 보장은 없잖습니까?"

기네딘의 말 속에는 참으로 많은 것이 내포되어 있었다. 열살 적에 멸문당했다면 그동안 평민으로 살아오면서 산전수전 다 겪었다는 말이다. 생각해 보면 아론 역시 어릴 적 나이에 비해 조숙하다는 말을 많이 들었다.

어려서 혈혈단신이 되고 살기 위해 스스로를 전장 속으로 밀어 넣은 탓에 조숙하지 않으면, 홀로 한 사람의 몫을 해내지 않으면 그 누구도 자신을 돌봐주지 않았기 때문이다. 그 덕분에 그는 지극히 이기적이고 냉소적인 사람이 될 수밖에 없었다.

물론 세 개의 영혼을 받아들인 후 새롭게 태어나고, 그것이 완벽하게 자신과 하나가 된 지금의 시점에서는 과거와는 완벽하게 달라졌지만 말이다.

"고생을 많이 했나 보군."

아론의 말에 어깨를 으쓱해 보이는 기네딘이다.

"덕분에 작지만 명성도 얻지 않았습니까? 나이트 골렘이라고 말입니다. 배운 게 도둑질이라고 기사 가문이던 탓에 중갑과 검, 방패를 택할 수밖에 없었으니 말입니다."

"그런가? 그러면 너희 둘 역시 마찬가지인가?"

"그렇소."

"그럼 따라오도록."

"합격한 겁니까?"

"아니."

"그럼?"

"실력을 봐야겠지."

아론의 말에 세 명은 동시에 흰 이를 드러내며 웃었다. 그들의 얼굴에는 '과연!'이라고 쓰여 있는 듯했다. 이들은 비록 평민이지만 자신들의 실력에 자신감이 가득했다. 그러하니 자신이 선택한 용병대가 자신들을 받아들일 그릇이 안 된다면 결코 가입하지 않을 작정이었다.

아론은 그 세 명을 이끌고 총령의 공관을 벗어나 용병대 본부 건물로 향했다. 용병대 본부 건물이라고는 하나 과거 자경대가 사용하던 곳으로 상당한 크기와 널찍한 연무장을 가지고 있었다.

길버트는 아론에게 서슴없이 지금의 자경대 건물을 내어주었다. 아론 역시 그냥 받아들였다. 물론 새로 신설된 치안대 건물이 신경 쓰이기는 했지만 이곳 말고도 깨끗하고 넓은 건물은 많았다.

"어라? 형님 오셨수? 근데……."

아론을 가장 먼저 맞이한 이는 제라르였다. 그는 지금 거의 6백 명으로 불어난 임페리움 용병대원들을 아주 잔인하게 훈련시키고 있는 중이었다. 그런 잔인한 훈련을 시키는 사람치고는 상당히 편안한 얼굴이다.

"뒤에 있는 놈들은 뭐유?"

"실력을 평가해 봐."

"실력 말이우?"

"그래."

"알았수."

시원시원하게 답하는 제라르. 그는 세 명을 향해 살짝 웃어 보인 후 말했다.

"일단 따라와."

세 사람은 군말 없이 제라르를 따라갔다. 조금 경박해 보이기는 하지만 말 그대로 경박해 보일 뿐 그들은 직감적으로 자신들이 재단할 수 있는 수준의 사람이 아니라는 것을 깨달았다.

"호오~ 저놈들 제법입니다?"

그때 아론의 곁으로 얀센이 다가오며 말했다.

"잘 가르치면 훌륭하게 성장할 놈들이지."

"어떻게 알게 된 겁니까?"

"치안관 시험을 포기하고 나를 따라오더군."

"그놈들 참 눈썰미도 좋군."

"일단 저들의 실력을 한번 보도록 하지."

"갑시다."

아론과 얀센은 어깨를 나란히 하고 그들의 실력을 점검하는 곳으로 걸음을 옮겼다.

"모두 동작 그만!"

"동작 그만!"

열심히 훈련에 임하던 용병들이 복명복창을 한 후 차렷 자세로 섰다. 그들의 얼굴은 땀과 먼지로 범벅되어 있고 피곤함에 절어 있었다. 하지만 그들의 눈동자는 새파랗게 빛나고 있었다.

'이게 용병이라고?'

기네든 골로프킨은 놀라 심장이 펄떡펄떡 뛰는 것 같았다. 그것은 그와 함께한 두 사람 역시 마찬가지였는데, 여느 용병대에서는 절대 볼 수 없는 강력하고 날카로운 기세가 살갗을 뚫고 들어올 것만 같았다.

'좋군.'

순간 카스트로는 이 따끔거리는 감촉이 좋았다. 그냥 보기에도 어중이떠중이의 그저 그런 용병대와는 전혀 달랐다. 그것은 그와 함께하고 있는 민머리에 당당한 체구를 가지고 있는 노예 검투사 출신의 막시무스 역시 마찬가지였다.

'이거야, 이거. 이런 느낌.'

세 사람의 얼굴이 만족스럽게 변해가고 있다. 제라르는 그런 그들을 보면서 상당히 만족해했다. 그냥 척 보기에도 만만치 않은 실력을 지닌 자들이다. 그런 이들이 호승심도 가지고 있고 여타 용병대와 다르게 운영되고 있는 용병대를 보며 웃는 것을 보니 말이다.

"지금부터 실력 테스트를 한다."

그의 말이 떨어지기가 무섭게 823명의 용병이 일사불란하게 움직였다. 그 움직임만 본다면 마치 기사들을 보는 듯했다.

"누가 먼저 하겠나?"

"제가 먼저 하겠습니다."

기네딘이 먼저 입을 열었다.

"베틀엑스라……. 그렇다면 3중대 3소대장 크리스 앞으로."

"앞으로!"

제라르의 말에 복명복창을 하면서 173㎝ 정도의 다부진 체구의 사내가 앞으로 나섰다. 그리고 그 곁에 있던 두 명의 용병이 그에게 두 자루의 베틀엑스를 가져다주었다. 마치 하나의 몸처럼 신속한 동작이다.

"수르트의 나이트 골렘 기네딘 골로프킨이오."

"임페리움 용병대 3중대 3소대장 크리스다."

"좋은 승부 바랍니다."

"최선의 승부를."

그러면서 자세를 잡는 두 사람. 그리고 기네딘은 놀라지 않을 수 없었다. 3소대장이라는 기이한 직책을 말하는 크리스라는 자는 마치 자신을 죽일 듯이 바라보고 있었다. 언뜻 눈에는 살기마저 감돌고 있었다.

하지만 기네딘을 그 모습이 기꺼웠다.

'그래, 이래야지. 오거는 고블린을 잡더라도 최선을 다한다. 바로 이런 치열함이 나를 이곳으로 이끈 것이 분명하다.'

그는 아론을 따라오면서도 자신이 왜 치안관 시험을 뒤로하고 아론이라는 용병대장을 따라왔는지 확신하지 못했다. 단지 그가 강하다는 것을 제외하고는 어떤 접점도 없는데 말이다. 하지만 이제는 깨달을 수 있었다.

자신은 끊임없이 전투를 원하고 치열함을 원했다. 자신의 자리에서 안주하지 않고 끊임없이 투쟁을 원한 것이다. 그의 심장이 급박하게 뛰며 전신에 뜨거운 피가 돌기 시작했다.

"타하앗!"

기네딘이 먼저 움직였다. 그 역시 두 자루의 베틀엑스. 분명 둘은 신장의 차이가 컸다. 크리스는 173㎝에 불과했지만 기네딘은 무려 192㎝였다. 그래서 힘에서 압도하리라 생각했다.

아무리 실력이 뛰어나더라도 힘과 신장의 차이를 극복하기에는 난점이 있으니 말이다.

콰앙! 쩌러러렁!

네 자루의 베틀엑스가 부딪쳐 갔다. 크리스는 기네딘의 베틀엑스를 피하지 않고 마주쳐 갔다. 힘 대 힘, 그리고 기교 대 기교가 맞붙었다. 강렬한 부딪침에 쇳소리가 울려 퍼졌다. 신장과 힘의 차이에도 불구하고 기네딘은 전혀 크리스를 압도하지 못했다.

'강하다!'

기네딘은 알 수 있었다. 지금까지 싸워온 그 누구보다 강하다는 것을 말이다. 자신의 신장과 압도하는 힘을 무력하게 할 정도로 크리스라는 자는 강했다. 그에 기네딘은 오히려 더욱 힘을 냈다.

전신의 힘을 다 동원했다. 그리고 마치 이 이상 뒤는 없다는 듯이 죽일 듯이 서로를 향해 달려들었다.

콰아앙! 콰앙!

베틀엑스가 부딪치며 시퍼런 불똥이 튀었다. 그렇게 몇 번의 부딪침에 몇 분의 시간이 지나갔다. 그리고 기네딘을 깨달을 수 있었다.

베틀엑스란 원래 힘을 기반으로 한 중병이다. 그렇다는 것은 상대가 결코 자신 못지않은 힘을 가지고 있다는 말이다.

약간의 차이는 있겠지만 상대 역시 무시하지 못할 힘을 가지고 있었고, 베틀엑스가 서로 부딪칠 때 상대는 기묘하게 베틀엑스의 날을 기울여 자신의 힘을 분쇄했다.

'대… 단하군.'

인정하고 싶지 않지만 확실히 대단했다.

'그래도 내가 이긴다.'

약간의 숨 고르기가 끝나고 또다시 거침없이 서로를 향해 달려드는 두 사람.

콰앙!

끼리릭! 콰앙!

부딪치고, 빗겨 막고, 회피하고, 다시 부딪치기를 수십 합. 그러다 마치 약속이라도 한 듯 둘은 서로를 밀치며 일정 거리 뒤로 물러났다.

"후욱! 후욱!"

"후우우욱!"

둘은 서로를 쏘아보고 거친 숨을 들이쉬며 호흡을 가다듬었다. 그들이 다시 서로를 향해 격돌해 들어가려는 찰나 제라르가 외쳤다.

"그마안!"

우뚝!

제라르의 외침과 동시에 크리스는 신형을 멈췄다. 하지만 기네딘을 그러지 못했다.

"어헛!"

그는 다급성을 내질렀다. 상대가 무기를 내렸다. 대련을 중단하라는 말이 들려왔음에도 폭발적으로 부풀어 오른 근육은 그것을 허용하지 않았다. 그는 이를 악물고 크리스를 향해 내려치고 있는 베틀엑스를 틀었다.

그때.

터덕!

잡혔다.

그에 기네딘의 눈은 더 이상 커질 수 없을 정도로 커졌다. 그의 날카로운 두 자루의 베틀엑스를 엄지와 검지로 가볍게 잡아내고 있는 이가 있었으니 바로 제라르였다.

"힘 조절에 조금 문제가 있군."

담담하게 말하는 제라르. 그에 기네딘은 곧바로 허리를 숙여 사과했다.

"죄송합니다."

"나한테 죄송할 게 아니라 크리스에게 미안하다고 해야 하지 않을까?"

제라르의 말에 크리스를 바라보며 허리를 굽히는 기네딘. 그에 크리스는 손을 휘휘 저으며 괜찮다는 표정을 지어 보였다. 그 모습에 제라르가 살짝 웃으며 외쳤다.

"위치로!"

"위치로!"

크리스는 복명복창을 하고 원래의 자리로 돌아갔고, 기네딘 역시 마찬가지였다. 서로 마주 보는 둘을 향해 제라르가 외쳤다.

"상호 간에 목례!"

그의 외침에 크리스가 허리를 숙였고, 기네딘 역시 엉겁결에 따라 허리를 숙였다.

"다음!"

제라르가 외쳤고, 양손에 방패를 든 카스트로가 앞으로 나섰다. 그에 제라르가 지명하지 않았음에도 불구하고 한 명의 용병이 앞으로 나섰다.

"1중대 3소대장 에스트라다다. 무기는 글라디우스와 방패."

"크림슨의 카스트로요. 무기는 방패 두 개요."

"최선을."

"최선을."

어느새 두 사람은 닮아가고 있었다. 사실 카스트로는 이 용병대가 지극히 마음에 들었다. 대충 봤지만 실력적인 면이나 대련하는 방식, 훈련하는 방식 등이 말이다. 그래서 지금 한껏 기대하고 있었다.

'보통보다 짧은 글라디우스라는 검에 나와 비슷한 방패라……. 분명 검보다는 방패가 우선이다.'

그의 생각대로 에스트라다는 방패 대신 검을 들었다. 그 역시 방패만 들고 나선 카스트로가 기꺼워서 선뜻 앞으로 나선 것이 분명했다. 그리고 보니 둘의 웃음은 서로 닮아 보이기도 했다.

둘은 기다리지 않았다. 상대를 탐색조차 하지 않고 곧바로 서로를 향해 공격해 들어갔다. 도대체 방패로 어떻게 공격을 하느냐고 묻는 이들이 많았다. 하지만 그 둘은 달랐다. 일단 카스트로의 방패 주변이 날카롭게 벼려져 있었다.

시퍼렇게 날이 선 방패. 그러하기에 다루기가 보통보다 까다로울 수밖에 없었다. 특히 오로지 방패만 다루는 니콜라이의 눈동자는 반짝거리고 있었다. 자신과 같은 방패만 사용하는 자가 모습을 드러냈으니 말이다.

그리고 감탄했다. 자신 역시 평생을 방패만 사용했다. 그래서 카스트로가 사용하는 방패술이 자신과 비슷하기도 하지만 그 궤를 달리하고 있다는 것을 알 수 있었다. 그들에게 방패는 곧 무기이자 방어를 위한 도구가 틀림없었다.

검이 날아들면 방패를 빗겨내 튕겨냈고, 원거리의 적이 틈을 보이면 방패를 날려 적의 목을 깔끔하게 절단했다. 힘과 기교가 절묘하게 맞아떨어져야만 두 개의 방패를 사용할 수 있는 것이다.

보통의 무기보다 다루기 어렵고 익히기도 어려운 것이 바로 방패술이다. 그런데 카스트로는 아주 능숙하게 방패술을 펼치고 있었다.

'물론 아직 가다듬어야 할 것이 많기는 하지만 나름 일가를 이루고 있군.'

분명 카스트로가 뛰어나기는 했다. 하지만 1중대 3소대장인 에스트라다를 상대하기에는 부족함이 있었다. 그리고 그 와중에도 카스트로의 방패술은 조금 더 가다듬어져 가고 있었다.

'에스트라다도 뛰어나군. 글라디우스보다는 삼각형의 방패가 더 나을 듯도 싶고 말이지.'

그들의 대련을 보며 니콜라이는 그 둘을 자신의 밑으로 데려오면 어떨까 하는 생각을 했다. 그리고 그가 생각을 정리하는 동안 제라르는 다시 그들의 대련을 중지시켰으며, 마지막 남은 자가 앞으로 나섰다.

"노예 검투사 막시무스요. 무기는 다섯 자루의 단창."

"3중대 1소대장 카메론이다. 무기는 장창이다."

카메론의 소개에 막시무스는 고개를 주억거렸다. 확실히 다른 용병대와는 다른 용병대였다. 그는 자신의 모습이 특이하다는 것을 알고 있었다. 그래서 사람들은 전신이 새까맣고 혀가 도드라지게 붉어 보이는 자신을 두고 악마의 자식이라고 손가락질하기도 했다.

하지만 결코 그런 손가락질에 적응되지는 않았다. 애써 무시하려고 했지만 절대 적응되지 않고 무시되지 않았다. 그는 그런 사람들의 시선과 손가락질에 익숙했다. 그런데 이들은 달랐다.

이들에게 있어서 자신은 그냥 대련을 하는 한 사람일 뿐이었다. 같은 사람이라는 것이다. 피부색이 다를 뿐이라는 듯 대해주고 있다. 말은 하지 않았지만 그들의 표정과 행동에는 그것이 적나라하게 표현되고 있었다.

단지 그냥 조금 신기한 사람? 그 정도였다. 그래서 기뻤다.

'이런 이들이라면…….'

평생을 같이해도 되지 않을까 하는 생각이 들었다. 그러는 그의 두 손에 단창 두 자루가 들려 있다. 그의 맞은편에는 카메론이 장창을 들고 비스듬하게 서서 틈을 최소한으로 줄이고 있다.

둘은 성급하지 않았다. 그 이유는 둘 모두 난전에 능하고 일정한 틀이 없기 때문이었다. 어떤 형식보다는 본능적인 틀에 기인한 둘의 창술 탓에 단 한 순간에 늑대처럼 상대의 목을 물어뜯어야 한다.

서로 상대의 약점을 파고들기 위해 노리기 시작했고, 은연중 둘은 옆걸음을 하며 원을 그리고 있었다. 지루할 것 같았지만 둘의 그런 모습은 팽팽하게 당겨진 활의 시위와 같아서 보는 이로 하여금 절로 긴장감을 늦추지 못하게 했다.

'틈!'

막시무스는 틈을 발견했다. 그리고 발견하는 즉시 그 틈을 향해 쇄도했다. 장창은 3미터가 넘어갔고, 단창이라 해도 최소 2미터가 훌쩍 넘어갔다. 그들에게 있어서 간격이란 여타의 무기보다 훨씬 짧을 수밖에 없었다.

순식간에 간격의 틈을 파고드는 막시무스의 단창. 하나 카메론은 가볍게 창대를 움직여 그의 단창을 막아냄과 동시에 발끝으로 창대를 툭 차올렸다. 그에 창두가 뱀의 혓바닥처럼 민활하게 움직이며 막시무스의 벌어진 틈을 공격해 들어갔다.

막시무스는 한 자루의 단창으로 비스듬하게 빗겨 막으며 창두를 막아냈다.

치이이잉!

귀를 섬뜩하게 하는 날카로운 소리가 들려왔다. 하지만 카메론의 공격은 거기에서 그치지 않았다. 엇갈린 창대를 교묘하게 휘둘러 낭창하게 휘어지며 막시무스의 몸통을 공격했고, 막시무스는 단창을 수직으로 세워 장창을 막아냈다.

짜아악!

하지만 카메론의 장창은 막시무스의 단창을 휘어 감으며 그의 검은색 동체에 선명하게 자국을 남겼다.

막시무스는 당황하지 않고 또 다른 단창으로 카메론의 창두를 쳐냄과 동시에 들고 있던 단창을 집어 던졌다.

쐐에엑!

날카로운 소리를 내며 단창이 날았고, 카메론은 창의 끝인 준을 잡아 몸을 그대로 수평으로 뉘였다. 하나 막시무스의 공격은 그것으로 끝나지 않았다. 어느새 또 다른 창이 수직으로 하강했다.

카메론은 눈을 부릅뜬 채 수평으로 누인 몸을 팽이처럼 회전했다.

콰카가각!

두 자루의 단창이 연무장의 바닥에 깊숙이 꽂히면서 부르르 떨었다. 카메룬은 준을 땅에 박고 몸을 일으켜 세웠다. 그 순간 그의 목에 서늘한 무언가가 다가와 있다.

"흡!"

그는 눈을 부릅떴다. 하지만 막시무스가 승리한 것은 아니었다. 어느새 카메룬의 장창이 막시무스의 심장 부근을 겨누고 있었다. 그 짧은 순간 장창을 거둬들인 것이다. 그야말로 기가 막힌 창술이라 할 수 있었다.

"그마안!"

"그만!"

제라르의 말에 카메론은 창을 거두고 원래의 자리로 돌아갔다. 막시무스는 물끄러미 자신의 가슴을 바라봤다. 그러다 나직하게 한숨을 내쉬며 고개를 절레절레 젓고 자신의 자리로 돌아갔다.

"상호 간 목례."

실력 검증이 끝났다.

아론은 그들 세 사람의 실력을 보고 솔직히 놀랐다. 짧은 기간이지만 소대장으로 임명된 이들은 상당한 실력자들이라 할 수 있었다. 비록 마나를 쓸 수는 없지만 그렇다 해도 무시할 수 없는 실력자임에는 분명했다.

"쓸 만하우."

제라르가 아론을 보며 말했다.

"그렇군."

"나는 합격이우."

"나도 합격이다."

그 둘의 말에 세 사람은 고개를 끄덕였다. 감정 표현을 극도로 아끼려고 했지만 그저 보기에도 기뻐서 어쩔 줄 몰라 하는 그들의 모습이 그대로 투영되고 있었다.

"임페리움 용병대에 가입한 것을 환영한다. 세 사람 모두 본부 중대에 배속하도록."

"알겠수. 그리고……."

아론은 자신의 할 말만 하고 돌아서 들어갔고, 제라르는 그의 등에 대고 답했다. 또한 곧바로 시선을 세 명에게 둔 후 입을 열었다.

"일단 복장을 탈의한 후 대열에 선다."

"알겠습니다."

그들은 빠르게 움직였다. 신고식이고 뭐고 없었다. 지금은 훈련 시간이니 훈련에 집중한다는 의지가 그대로 전해져 왔기 때문이다. 그들은 힘들지 않게 임페리움 용병대에 흡수되고 있었다.

CHAPTER 6

오크 대전사 카툼

어쨌든 플랑드르는 아론과 길버트의 노력으로 빠르게 안정을 찾아가고 있었다. 속관 시험을 치러 속관을 임명하고 그 속관 아래로 실무자를 임명했다. 병사들도 선발하고 기사들도 선발했다.

병사들은 특무대에서 지원한 교관과 조교에 의해 담금질을 시작했고, 기사 후보들은 레드 와이번 기사단의 단장인 키루스 아케메네스와 부단장, 그리고 수석 기사에 의해 죽음의 훈련을 시작했다.

내정과 치안이 안정되고 플랑드르의 주민들도 제자리를 찾아가자 길버트와 아론은 드디어 움직이기 시작했다.

"자네 예상이 틀렸다고는 생각 안 하나?"

"그럴 수도 있겠지."

"좀 무책임하지 않나?"

"조심해서 나쁠 것은 없지 않겠나?"

"그건 그렇지만 말이지."

"왜? 두렵나?"

아론의 말에 길버트는 조금은 딱딱한 얼굴을 해 보였다. 성인이 된 지금도 자신의 아버지는 여전히 두려운 존재였다. 조그만 틈도 보이지 않고 모든 일에 완벽하며 자식들 앞에서 어떤 자상함도 보이지 않는 철혈 간담의 사내였다.

어릴 적부터 길버트가 가진 트라우마는 아직도 그대로 이어져 오고 있었다. 많이 희석되었다고는 하지만 여전히 그에게 있어 아버지란 존재는 존경한다기보다는 두려움의 존재였다. 그는 아버지가 병석에 누워 있음에도 불구하고도 두려웠다.

"솔직히."

"솔직해서 좋군."

"그런가? 나약해 보이지 않나?"

"나약해 보인다라… 그럴 수도 있겠지. 하지만 말이야."

"……"

길버트는 아무 말 없이 아론의 다음 말을 기다렸다.

"자네는 아버지라는 존재가 있었군."

아론의 말에 길버트는 흠칫했다. 대부분의 용병은 고아나 다름없었다. 자신의 이름도 모르고 자신이 태어난 곳도 모르는 이가 대부분이었다. 그런 그들에게 부모라는 존재는 두렵든 어떻든 간에 그리운 존재, 아니, 애증이 섞인 존재라고 할 수 있었다.

"다행이라 여기라고 말하고 싶나?"

"그런 의미도 있지."

"철없던 시절 난 가끔 부모가 없는 이들이 가엽기보다는 부럽다는 생각을 했네."

"그럴 수도 있겠지."

"그런 날 이해한다는 말인가?"

"모든 것은 상대적이라는 말이네. 부모가 없는 내 입장에선 두드려 맞는다 해도 부모가 있는 것이 부러울 뿐이네. 하지만 두드려 맞는 자식이고 존경의 대상이 아닌 두려움의 존재로 각인된 부모를 가진 자식이라면 부모가 없는 내가 부럽겠지."

"그… 런가?"

"그런 거라네. 사람들은 자신에게 없는 것을 부러워하고 갈망한다고 하더군."

말없이 달려 나가는 아론을 보며 그는 멍하니 바라보다 말했다.

"자네는 어째 현자 같은 말만 하는구만."

"20년 넘게 전장에서 살다 보면 현자가 된다네."

"나도 꽤 오랫동안 전장에 있었는데 말이지."

"다 고만고만한 사람들이 많지. 기사들이나 귀족들이나."

"그런가? 용병들처럼 다양한 삶을 살아온 자들이 있을까?"

"그야……."

"용병 중에 나와 같은 개똥 철학자는 발에 채일 정도로 많다네."

"그런가?"

"그런데 말이지……."

"왜?"

"앞에 무슨 일이 있는 것 같군."

"아!"

그제야 느꼈는지 길버트도 탄성을 질렀다.

"가보지."

"그러세."

그들은 달려 나가는 속도를 조금 더 빨리했다. 그들이 현장에 도착했을 때 그들은 눈살을 찌푸릴 수밖에 없었다. 익히 알고 있는 존재들이 있었기 때문이었다.

'회색 오크.'

바로 그들이 인상을 찌푸린 연유였다. 그도 그럴 수밖에 없는 것이, 이곳은 회색 숲에서 상당한 거리에 있기 때문이다. 회색 오크는 회색 숲을 벗어나지 않고 오로지 그곳에서만 삶을 영위한다.

그런데 그런 회색 오크가 회색 숲을 벗어나 이곳 숲 속에 있다. 그리고 더욱 이상한 것은 회색 오크들이 공격하고 있는 것이 바로 회색 오크라는 점이다. 공격을 받고 있는 회색 오크는 상처투성이였다.

공격 받는 회색 오크는 홀로 수많은 회색 오크를 상대하고 있었다.

"쿠르륵! 후욱! 이것뿐이냐?"

자신을 향해 쇄도한 회색 오크를 베틀엑스로 두 조각 내버린 상처뿐인 회색 오크가 외쳤다. 그 회색 오크의 기세에 그를 둘러싼 회색 오크들이 주춤거렸다. 이미 주변에는 수십의 회색 오크가 죽어 널브러져 있었다.

저벅!

그때 한 명의 회색 오크가 베틀엑스를 어깨에 걸친 채 앞으로 나섰다.

"너는……."

"오랜만이다, 카툼."

"골다르 너마저……."

"오크의 시대를 여는 일이다."

"멍청한. 그것이 가능하리라 보는 것이더냐?"

"웃기는군. 나약한 인간 따위가 위대한 오크 종족을 이길 수 있다고 보는 것이냐?"

"인간들은 이미 중간계를 점령하고 있다. 중간계는 그들의 손에 의해 좌지우지된다는 말이다."

"그래서? 그게 뭐 어쨌다는 것이냐? 종족의 수로 따지만 하등한 인간보다 오크 종족이 몇 배는 많을 것이다."

"전쟁이라는 것이 단순히 숫자로 가능하다더냐?"

"물론 아니지. 하지만 이제 우리 회색 오크는 과거의 아둔함을 버렸고 위대한 고크와 모크 신의 가호가 우리에게 깃들지 않았더냐?"

"그것이 고크와 모크 신의 가호라고 누가 그러더냐?"

"하면 우리 회색 오크 종족이 회색의 숲을 어찌 발아래 둘 수 있었을까? 우리 회색 오크가 어찌 인간과 같이 생각을 할 수 있을까? 우리 회색 오크가 어찌 체계를 갖출 수 있었을까?"

"멍청한. 아직도 모르겠느냐? 고크와 모크 신을 가장한 인간 흑마법사들의 이간질이라는 것을 말이다."

"그만! 어찌 되었든 우리 회색 오크는 대륙의 전 오크를 통합하고 인간과 전쟁에 들어갈 것이다. 여기서라도 마음을 돌려라. 너의 오랜 친우로서 마지막 하는 권고다."

"훼! 어림없는 소리. 골다르여, 어찌하여 귀를 닫고 눈을 감았단 말이냐."

"오크 종족의 영광을 위해서다."

"어찌 전쟁이 오크 종족의 영광이란 말이더냐?"

"하면 무엇으로 인간의 무지를 깰 수 있을까? 너는 방법이 있느냐?"

"방법이 있을 것이다."

"그 방법이 대체 무엇이냐?"

"…인간과 교류를 해야 한다. 시간이 걸리겠지만 결국 인간은 우리를 인정할 것이다."

"고작 생각한다는 것이 교류란 말이더냐? 저 오만한 인간들이 과연 교류를 한다 해서 우리를 달리 볼 것이라 생각하는 것이냐?"

"우리가 엘프나 드워프와 다를 것이 뭔가? 그들도 요정족이고 우리 또한 요정족 아닌가? 우리 선조들의 업을 왜 우리가 짊어지고 선조들이 간 길을 다시 걸어야 한단 말이냐?"

"하! 말이 통하지 않는군. 결국 넌 여기서 죽게 될 것이다."

"좋다, 와라!"

그에 골다르는 맹렬히 적의를 내비쳤고, 카툼 역시 기세를 끌어 올렸다. 과연 전투의 종족이라서인지 몰라도 그 잠깐의 휴식으로 카툼은 어느새 호흡이 안정적으로 돌아와 있었다.

"죽여!"

골다르가 명령을 내리자 카툼을 겹겹이 둘러싸고 있던 회색 오크들이 글레이브와 베틀엑스를 움켜쥐며 앞으로 한 걸음 내디뎠다. 그들은 두 명의 인간이 자신들의 모습을 지켜보고 있음을 전혀 모르고 있었다.

"도와줘야 하는 건가?"

"그래야 하지 않을까?"

"하지만……."

"아직도 회색 오크를 몬스터로 생각하는 것인가?"

아론의 말에 길버트는 회색 숲에서 겪은 일이 마치 눈앞에서 펼쳐진 양 눈살을 찌푸렸다. 그리고 다시 두 회색 오크의 대화를 보건대 분명한 것이 있었다. 전쟁을 바라는 쪽과 전쟁을 바라지 않는 쪽이 있다.

그리고 전쟁을 바라는 쪽이 득세했고, 전쟁을 바라지 않는 회색 오크 무리는 죽거나 도주 중일 것이다. 그리고 눈앞에 있는 거대하고 단단한 체구의 회색 오크는 전쟁을 바라지 않는 쪽에서도 상당한 위치에 있는 자일 것이라고 예상되었다.

"자네 그거 아나?"

"뭘 말인가?"

"오크는 원래 대지의 요정이었다는 것을 말이네."

"그건……"

"까마득히 오랜 옛날 인간이 하등하고 요정들이 이 세계를 지배할 때 신계와 마계는 중간계의 주도권을 두고 신마전쟁을 일으켰네."

"알고 있네."

"그중 엘프와 드워프, 그리고 노움과 오크는 신족의 편에 서서 전쟁을 치렀네. 그러자 마족은 지상에서 가장 큰 힘을 발휘하는 오크족을 첫 번째 제물로 삼았고, 멸족의 위기에 처한 오크들은 신족을 배신하고 마족에게 투항했네."

"그건……"

처음 들어보는 이야기였다. 고대사를 다루는 어느 책에서도 지금 아론의 말을 증빙할 만한 글은 없었다. 하지만 왠지 모르게 지금 아론의 말은 모두 사실처럼 여겨졌다.

"영역을 바꾼 그들은 마기에 물들었고, 고귀하고 지적인 모습과 두뇌는 온데간데없이 추악하고 저급한 몬스터가 되어버렸네. 그들의 후손이 바로 지금 몬스터라 불리는 오크라네."

"그런 사실이 있었군. 한데 그것이 지금 이 상황과 무슨 상관인가?"

"누군가 그들을 일깨웠다."

"일깨우다니?"

"그들의 고귀하고 지적인 모습을 일깨운 것이 아니라 그들의 분노를 일깨웠다."

"그들이 말한 전쟁이라는 것이 그것인가?"

"그래."

"그래서 저 회색 오크를 구해야 한단 말인가?"

"저 정도의 무력이면 충분하지 않겠나?"

"하지만……."

"망설이지 말게. 그를 오크로 보지 말고 유사 종족으로 봐야 하네. 그들이 깨어났다면 말이네. 엘프나 드워프, 그리고 노움 역시 인간들 틈바구니 속에서 자신들만의 영역을 가지고 있지 않은가?"

"……."

길버트는 대답 대신 아론의 얼굴을 빤히 쳐다봤다.

"구멍 나겠군."

아론의 말에 피식 웃어버린 길버트가 입을 열었다.

"자네가 그렇다면 그런 것이겠지. 일단 구하고 보세."

아론은 고개를 끄덕이며 앞으로 튕겨 나갔다. 사실 어떻게 보면 아론의 말은 억지스럽기 이를 데 없었다. 수만 년 동안 오크는 몬스터였다. 그런데 그걸 뒤엎고 유사 종족으로 인정한다는 것이 어디 쉽겠는가?

하지만.

'왠지 그를 구해야만 할 것 같다.'

그랬다.

그는 지금 회색 숲의 모든 것을 완벽하게 기억하고 있었다. 그리고 회색 숲에서 있던 일은 지금 이 상황과 긴밀하게 연결되어 있다는 것을 느끼고 있었다.

또한.

'말이 통한다면 그 전모를 어느 정도 알 수 있겠지.'

그에게 있어 회색 숲에서 발생한 일은 의혹투성이였다. 그때는 자세히 알아볼 기회가 없었지만 회색 오크들의 회색 숲을 벗어나 도망자 한 명을 쫓아 이곳까지 왔다면 필시 어떤 흑막이 있을 것이라 판단했다.

"크아아악!"

카툼은 두 자루의 베틀엑스를 자유자재로 휘둘렀다. 그를 향해 쇄도하는 회색 오크들의 공격을 단 한 번도 허용하지 않았다. 하지만 시간이 점점 흐르면 흐를수록 카툼은 지쳐갔다.

"지독한 놈입니다."

골다르의 옆에 있던 회색 오크가 질렸다는 듯 말했다. 회색 숲에서 이곳 프톨레스 숲까지는 적어도 몇천 킬로미터의 멀고 먼 지역이다. 자신들이 카툼을 쫓기 시작한 지 반년이라는 길고 긴 시간 동안 무려 3백 명의 사망자를 냈다.

최초 카툼을 쫓은 인원은 1천 명이었다. 한 개 천인대가 그를 쫓은 것이다. 물론 처음부터 카툼이 홀로 쫓기는 신세는 아니었다. 그를 조력하는 1백 명가량의 회색 오크가 있었다. 이곳까지 오는 동안 그들 모두가 죽었고 오로지 카툼 홀로 남았다.

그리고 추적대 역시 절반 가까이 죽임을 당하고 이제 겨우 6백 명가량 남았다. 압도적인 수적 우세에도 불구하고 지금 자신들은 이틀째 전투를 이어가고 있었다. 금방이라도 쓰러질 듯 지칠 대로 지친 카툼이었지만, 그래도 전대 대족장 우툼바의 아들다운 기백으로 싸웠다.

가진 바 무력으로 치면 그는 회색 오크 중 3위 안에 드는 실력자였다. 하지만 설마 6백 명의 회색 오크 전사를 맞이해 이틀을 버틸 줄은 누가 알았겠는가. 수없이 많은 상처가 그의 전신에 아로새겨졌지만 그는 여전히 건재했고, 1백이 넘는 회색 오크 전사를 죽였다.

"후욱! 후욱!"

반년 동안 도피 생활을 하고, 이틀 동안 전력을 다해 싸운 카툼은 거친 숨을 몰아쉬었다.

'여기서 끝인가? 이대로… 정말 이대로 끝내야 한단 말인가!'

아쉬움이 절절이 묻어나고 있는 그의 눈동자였다. 하지만 수적인 우세로 끊임없이 몰아치는 동족들에 의해 그는 이미 많은 힘을 소진하고 있었다. 끊임없이 솟아나던 투기는 온데간데없고 오로지 근력으로만 싸워야 했다.

지칠 대로 지쳐 있었다.

서걱!

등 쪽에서 따끔한 느낌이 들었다. 그와 함께 검녹색의 체액이 사방으로 튀었다. 그것을 시작으로 허벅지에서도 화끈한 통증이 전해졌고, 옆구리 역시 날카로운 베틀엑스의 날이 날아들어 살이 벌어질 정도로 크게 다쳤다.

카툼은 한 손에 쥔 베틀엑스로 자신의 옆구리를 후려치고 진득한 미소를 흘리고 있는 회색 오크를 발로 차고 따라 들어가며 베틀엑스를 수직으로 찍어 내렸다.

퍼억! 좌아악!

살소를 머금고 있던 회색 오크가 반으로 갈라졌다. 하지만 완전히 가르지 못해 머리에 박히는 것으로 끝났다. 그 틈을 타 또 한 자루의 창이 그의 복부를 꿰뚫고 지나갔다. 등 뒤에서부터 자신이 죽인 회색 오크까지 한꺼번에 꿰뚫어 버렸다.

"끄윽!"

카툼은 자신의 복부를 뚫고 나온 창을 잡아 그대로 부러뜨려 버렸다. 그리고 돌아서는 그의 가슴을 할버드가 살점을 뜯고 지나갔다.

"죽어라!"

회색 오크 전사 한 명이 할버드를 다시 내리찍었다. 그에 카툼의 눈동자는 절망으로 물들어갔다. 진한 아쉬움이 남아 있는 눈동자이다. 하지만 눈을 감지는 않았다. 똑바로 보고 있었다. 자신의 머리를 내려치고 있는 할버드를 말이다.

마치 이 순간을 똑똑하게 기억하려는 듯. 그리고 할버드가 마침내 그의 정수를 내리찍었다.

하나.

쩌어어엉!

무언가 할버드를 가로막았다. 할버드로 내리찍는 회색 오크 전사나 두 눈을 부릅뜨고 할버드를 바라보던 카툼이나 놀라지 않을 수 없었다.

"누구냐?"

회색 오크 전사가 외쳤다.

"나다!"

그 대답과 함께 갑자기 회색 오크 전사들이 터져 나가기 시작했다.

퍼버버버벙!

"쉬에에엑!"

"끄아악!"

"컥!"

회색 오크들은 갑작스러운 상황에 제대로 대응하지 못했다. 그런 그들에게 또다시 들려오는 목소리.

"나도 있다."

화르르륵! 퍼버벙!

"크아악!"

"사, 살려!"

화염의 폭풍이 불어 회색 오크 전사들을 불태웠다. 그에 가장 빠르게 정신을 차린 골다르가 외쳤다.

"인간 놈이다."

"죽여라!"

골다르의 외침에 갑작스러운 상황에 당황해하던 회색 오크 전사들이 깨어나며 투기를 일으켰다. 그들은 아직 쌩쌩했다. 아무리 이틀간 싸웠다고는 하지만 공격할 수 인원은 정해져 있었고, 끊임없이 차륜전으로 몰아치니 모두가 체력이 상당히 남아 있는 덕분이다.

그들의 시선이 인간을 쫓았다.

'두 명!'

고작 두 명이다. 그래서 그들은 코웃음 쳤다. 회색 오크 전사 한 명당 인간 정예 병사 열댓 명은 무리 없이 처리한다. 그런데 고작 두 명이서 5백이 넘는 전사의 무리에 기어들다니.

'미친놈들.'

처음엔 그렇게 생각했다.

하지만 그들은 아주 잠깐 사이에 그 모든 생각을 수정해야만 했다.

콰카카칵!

"끄아아악!"

회색 오크 전사들이 죽어갔다. 그들의 무력은 실로 상상할 수 없을 정도로 강했다.

'상 전사를 넘어선 것인가?'

골다르는 직감적으로 그들이 자신들의 무력을 상회한다는 것을 느꼈다. 하지만 아무리 상 전사라 할지라도 수에는 장사 없는 법이다. 겨우 5백 명 남짓 남았지만 하 전사의 대부분이 남아 있고 전사들 역시 일반 인간의 정규군을 압도한다.

"죽여! 겨우 두 놈이다!"

그가 외쳤다. 그러면서 골다르는 무릎을 꿇은 채 겨우 목숨을 유지하며 힘들게 버티고 있는 카툼을 노렸다. 하나 그의 노림수는 전혀 먹혀들지 않았다.

콰아앙!

"크윽!"

격렬한 통증과 함께 빠르게 튕겨져 나가는 골다르. 그리고 그의 귀에 바람처럼 들리는 아스라한 소리가 있었다.

"회색 오크들은 꽤나 비겁하군."

"……"

눈을 부릅뜨는 골다르. 하지만 그의 주변에는 그 누구도 없

었다. 여전히 수백의 전사에게 둘러싸여 싸우고 있는 두 명의
인간만이 존재했다.

콰직!

"쿨럭!"

골다르는 그대로 튕겨 나가 나무에 부딪친 후 한 움큼의 핏
물을 게워내며 시선을 전장으로 향했다. 그리고 입이 쩍 벌어
졌다.

아론의 투박한 대검이 움직일 때마다 수십의 회색 오크 전
사들이 죽어갔다. 형체도 없고 비명도 없었다. 그저 사라질
뿐이었다. 잔인하다느니 깔끔하다느니 하는 말들을 전부 부
정이라도 하듯이 말이다.

그의 움직임은 마치 허깨비와 같았다. 바람 부는 대로 움직
였고, 이쪽인가 싶으면 저쪽에서 나타났다. 그가 모습을 드러
낸 곳은 여지없이 수없이 많은 오크가 손 한번 써보지 못하고
죽음을 맞이했다.

"크륵! 죽어랏!"

할버드와 창, 그리고 글레이브가 한꺼번에 아론을 향해 쇄
도했다. 아론은 자신의 앞에서 죽어가며 대검을 움켜쥐고 놓
지 않는 회색 오크 전사를 바라봤다. 그에 회색 오크 전사는
검녹색 피를 흘리는 누런 이를 드러내 보였다.

"죽는 거다."

"아직은 아니다."

그 순간 아론의 신형이 사라졌다.

퍼버버벅!

할버드와 창, 그리고 글레이브가 회색 오크의 전신에 틀어박혔다.

아론은 투박한 대검을 붙잡고 있는 회색 오크의 입이 벌어졌다. 그때 아론이 회색 오크의 등 뒤에 나타나 손을 비틀었다.

그에 투박한 대검이 비틀리며 검날이 하늘로 향했고, 아론이 손을 들어 올리자 그대로 따라 들리며 회색 오크 전사의 중심을 아래에서 위로 잘라냈다. 아론이 다시 손을 휘저었고, 동시에 투박한 대검이 잔상을 남기며 허공을 휩쓸었다.

촤라라락! 스카가각!

세 명의 회색 오크 전사의 목이 허공으로 둥실 떠올랐다. 아론과 그의 투박한 대검은 여전히 거리를 유지하고 있었다. 하지만 마치 한 몸처럼 움직이고 있다. 그의 곁으로 다가오는 회색 오크 전사는 없었다.

살아남은 몇몇 오크 백인대장이 그를 향해 쇄도해 투기를 두른 무기로 아론을 공격해 왔지만 모두 허사였다. 오히려 반격을 당해 무기와 함께 폭발해 버렸다. 그에 두려움을 모르는 회색 오크 전사들이 주춤거리며 뒤로 물러났다.

하지만 이곳에는 아론만 있는 것이 아니었다. 이미 마스터의 반열에 오른 길버트도 있었다. 그는 플람베르 가문 특유의 화염의 검세를 이용해 회색 오크 전사들을 몰아세우고 있었다.

마나를 일으키면 특별하게 힘을 사용하지 않아도 그의 전신을 감도는 화염을 이용하여 그 어떤 오크 전사의 접근도 허용치 않았다.

골다르는 이 상황에 대해 참담한 마음을 감출 수가 없었다. 그가 자리에서 일어나 크게 함성을 질렀다.

"크아아악!"

그의 함성에 회색 오크들의 눈동자가 변했다. 오크들에게만 있는 특유의 투기의 발산이었다. 그들의 눈동자는 붉게 물들어가기 시작했다.

'위험하다!'

길버트는 본능적으로 느꼈다.

'버서커.'

아론은 지금 오크들에게 일어나는 상황을 명확히 알고 있었다. 오크 종족 특유의 전투 방식이라 할 수 있다.

인간에게 있어서 버서커는 절대 인위적으로 일으킬 수 없었다. 인간에게 있어 버서커는 마나의 역류와 같았다.

하지만 전투 종족인 오크들은 버서커를 인위적으로 일으킬 수 있었다. 그러하기에 오크들이 강한 것이다. 물론 일반적인 오크 모두가 그런 것은 아니지만 회색 오크들은 이것을 스스로의 전투 기술로 발전시킨 것 같았다.

회색 오크들의 버서커는 인간으로 치면 소드 유저임에도 불구하고 익스퍼트의 하급의 기사를 상대할 수 있을 정도이다.

일시적으로 투기를 폭발시킨다는 것이다. 물론 버서커가 끝나면 그 후유증은 만만치 않지만 타고난 신체 능력으로 그런 후유증을 견뎌낼 수 있었다.

버서커에 들어간 회색 오크 전사들은 순식간에 검붉은 색의 투기를 무기에 담아 아론과 길버트를 향해 쇄도해 들었다. 아론의 움직임이 조금 더 빨라졌다. 조금이라고 했지만 눈에 보이지도 않을 정도였다.

아론은 공간과 공간을 이었고, 그 공간을 거닐었다.

그의 투박한 양손대검은 공간을 유영하면서 버서커에 들어한 단계 상승한 전투력을 보여주는 회색 오크들의 목과 복부를 자르고 심장을 꿰뚫었다.

세상이 느릿하게 흘러가면서 회색 오크들의 움직임 또한 느려졌다. 느려진 정도가 아니라 거의 움직이고 있지 않는 것처럼 보였다. 그 순간 아론은 길버트를 자신이 공간 속으로 끌어들였다.

순간 갑자기 변한 상황에 길버트는 놀란 눈으로 아론을 바라봤고, 아론은 그저 고개만 끄덕일 뿐이다. 아무리 길버트가 여타의 소트 마스터와는 달리 마나를 효율적으로 다뤄 그들과는 궤를 달리한다고는 해도 상대는 버서커의 상태를 마음대로 사용하는 회색 오크 전사들이다.

그 말은 지칠 수밖에 없다는 뜻이다. 일반적인 병사도 아니고 가장 호전적이고 강력한 회색 오크들이니까 말이다.

아론이 펼친 공간에 들어온 길버트는 잠시 동안 주춤거렸다. 어떻게 몸을 사용해야 할지 몰랐기 때문이다.

하지만 마스터가 괜히 마스터는 아닌 듯 이내 감각을 되찾고 움직여 나갔다. 수없이 많은 공간의 통로가 완성되었고, 아론과 길버트는 마치 제 집 드나들 듯 공간의 통로를 움직이며 회색 오크들을 죽여 나갔다.

골다르의 눈이 찢어질 듯 부릅떠졌다. 상대가 보이지 않았다. 하지만 동시다발적으로 전사들이 죽어나가고 있다. 눈을 한 번 깜빡거릴 때마다 수십의 전사들이 죽어나가며 그 수가 줄어들었다.

그것은 카툼 역시 마찬가지였다.

'저런 인간이 존재하다니.'

상상조차 할 수 없을 정도로 두 인간이 가진 무력은 대단했다. 자신이 대족장에 올라도 과연 이 두 인간과 같은 움직임을 보일 수 있는지 의문이 들었다. 그러는 순간 수백에 달하던 전사들이 싸늘한 시체로 변했다.

턱!

아론의 투박한 양손대검의 끝이 골다르의 목에 대어졌다. 골다르는 마른침을 삼킬 수밖에 없었다.

"허어억!"

그 순간 아론이 만들어놓은 공간의 통로를 벗어난 길버트는 거친 숨소리를 내며 쌍검을 대지에 박은 채 헐떡이고 있었다. 공간의 통로에서는 몰랐으나 그 통로를 벗어나는 순간 그의 전신 근육이 비명을 질렀다.

단 한 번도 느껴보지 못한 무력감이 찾아왔다.

길버트는 빠르게 전신에 마나를 돌렸다. 하지만 언제나 차고 넘치던 마나조차도 고갈됐는지 움직이지 않았다. 그에 길버트는 그냥 포기하고 팔과 다리를 크게 활개치고 아예 드러누워 버렸다.

아론이 없었다면 한 놈을 제외하고는 모두 죽는 것을 확인하지 않았다면 절대 할 수 없는 행동임에 분명했다.

"후아~ 후아~"

거친 숨을 내쉬며 마나 호흡을 하는 길버트를 슬쩍 본 아론이 입을 열었다.

"무엇을 원하나?"

그것은 골다르가 아닌 카툼에게 묻는 것이었다. 카툼은 입을 쩍하고 벌린 채 아무 말도 하지 못하고 있었다. 아론은 다시 묻는 대신 그에게로 시선을 향했다. 그제야 정신을 차린 카툼은 목에서 피를 흘리고 있는 골다르를 바라봤다.

둘의 시선이 부딪치자 골다르는 희미한 미소를 떠올렸다. 그러더니 고개를 살짝 끄덕인 후 그대로 목을 양손대검 끝으로 들이밀었다.

푸욱!

스스로 죽음을 택한 것이다. 아론은 무표정하게 그 모습을 지켜보더니 대검을 꺼냄과 동시에 수평으로 휘둘러 골다르의 목을 베어냈다.

"나름 괜찮은 친구를 뒀군."

아론의 말에 딱딱하게 굳은 표정으로 그를 바라보는 카툼.

"날 살린 이유는?"

"죽을 것 같아서."

"그뿐?"

"그럼?"

아론의 대답에 기이하게 일그러지는 카툼의 얼굴이다.

"나는 오크다."

"그런데?"

"……"

아론의 말에 말문이 막힌 카툼은 무슨 말을 해야 할지 몰랐다. 자신이 알고 있는 인간들과는 완전히 다른 아론의 대답과 태도 때문이다. 퉁명스럽지만 자신을 경시하지 않는다.

몬스터인 오크로 대하는 것이 아닌 또 다른 종족으로 대하고 있다.

"우선 이곳을 벗어나지."

"그러지."

하지만 카툼은 일어설 수 없었다. 아무리 뛰어난 대전사 중의 한 명이었다 할지라도 지난 반년 동안 제대로 먹지도 쉬지도 못했고 지금에 와서는 이틀간 끊임없이 싸웠다. 체력이 남아 있을 리 없었다.

"어? 어……."

그러면서 풀썩 쓰러지는 카툼. 그런 카툼을 내려다본 아론은 나직하게 한숨을 내쉬었다.

"아직인가?"

아론의 물음에 길버트가 누운 채 눈을 살짝 뜨며 물었다.

"대체 그건 뭐였지?"

"걸을 만한가?"

대답 대신 몸 상태를 묻는 아론의 말에 길버트는 앓는 소리를 내며 몸을 일으켜 세웠다.

"끄응. 일단 걸을 만은 하군. 그런데 저놈은 어떻게 하려고? 떡대가 장난 아닌데."

"끌고 가야지."

"어떻게?"

길버트의 물음에 아론은 튼튼한 나무 두 개에 칡을 얽고 들것을 만들었다.

"나 지금 힘이 없어."

"그냥 끌고 갈 거네."

그러면서 카툼을 굴려 들것에 올리고 칡으로 얽은 끈을 어깨에 메고 질질 끌고 갔다. 대충 얽은 거지만 안정감 있게 끌고 가는 아론을 보며 길버트는 가볍게 고개를 저었다.

"나는 아직 자네의 전부를 모르는군."

"나도 나를 모르는데 어찌 자네가 나를 알 수 있을까?"

"또 그놈의 현자 놀이라니."

"뒤처지면 버리고 갈 거라네."

"아씨, 간다, 가!"

머리를 벅벅 긁으며 서둘러 아론을 따라나서는 길버트. 그렇게 그들은 한층 가까워지고 있었다. 그렇게 얼마를 걸었을까? 아론은 적당한 동굴을 찾아냈다. 그리즐리 베어가 쓰다 버린 동굴인 듯 상당히 넓고 위치도 적당했다.

아론은 빠르게 공간 결계를 완성하며 동굴을 치우고 두 환자를 돌볼 준비를 했다. 길버트는 동굴에 들어서자마자 아론이 무슨 일을 하든지 말든지 결가부좌를 틀고 마나 호흡에 집중했다. 움직일 수는 있지만 몸에 힘이 하나도 남아 있지 않았다.

상상조차 할 수 없는 공허함에 미쳐 버릴 것만 같았다. 그래서 그 공허함을 달래기 위해 마나 호흡을 시작한 것이다. 아론에게는 조금 미안한 감이 없지 않아 있지만 지금은 그런 것을 따질 형편이 아니었다.

깊이 호흡에 빠져드는 길버트. 그는 지금 단 한 번도 경험해 보지 못한 호흡 속으로 빠져들고 있었다. 바로 일생에 한 번 찾아올까 말까 하는 무아지경에 들었다. 아론은 즉시 길버트의 상태를 알아봤다.

"운도 좋은 놈이로군. 마나 한 톨 남기지 않은 공허함 속에서 무아지경을 찾아내다니. 하여간 운 좋은 놈들은 뒤로 자빠져도 황금 밭이로군."

길버트의 상태를 인지한 아론은 가볍게 한숨을 내쉬었다. 물론 자신은 저런 길버트보다 훨씬 더 운 좋은 놈이지만 어쨌든 남의 떡이 더 커 보이는 건 동서고금을 막론하고 전 우주의 진리인 것을 어찌할까?

어쨌든 아론은 가볍게 혀를 차고 결계 밖으로 나와 오늘 저녁과 내일 먹을 양식을 구해야만 했다.

츄릿!

그의 투박한 양손대검이 마치 단검처럼 날아가 거대한 멧돼지의 목을 자르고 다시 아론의 손으로 회수되었다. 사냥은 별로 어렵지 않았다. 단번에 500kg에 육박하는 멧돼지를 잡았으니 말이다.

아론은 지체하지 않고 멧돼지를 들쳐 메고 동굴로 돌아왔다. 길버트는 여전히 마나 호흡 중이고, 카툼도 오랜 도망자 신분에서 벗어나 긴장이 풀린 탓에 잠에서 깨어나지 못하고 있었다.

아론은 불을 피운 다음 멧돼지의 피를 제거하고 가죽을 벗긴 후 통째로 굽기 시작했다. 적어도 몇 시간은 구워야 하겠지만 그 정도의 시간이 지나야 겨우 정신을 차릴까 말까 하는 두 사람인지라 개의치 않았다.

그리고 아론이 예상한 대로 500kg에 달하는 멧돼지가 통으로 다 익어갈 즈음 길버트와 카툼이 동시에 깨어났다. 카툼은 이루 형언할 수 없는 고소한 냄새에 시장기를 느끼고 저절로 눈이 떠진 것이고, 길버트는 깊고 깊은 무아지경에서 깨어난 것이다.

"아!"

길버트는 눈을 뜸과 동시에 탄성을 내질렀다.

"축하하네."

"허어~"

아론의 축하 말에 길버트는 오히려 멍한 표정을 지어 보이다 이내 씁쓸함을 비치며 물었다.

"왜?"

"한 단계의 벽을 허물면 자네의 모습을 볼 수 있다고 생각했네."

"그런가? 그래서 보이나?"

"아니."

"그래서 결론은?"

"그런 괴물이 내 친구라는 거지."

"훌륭한 친구를 뒀군."

"내 말이 그 말일세."

그러면서 노릇노릇 다 익은 멧돼지 앞으로 다가와 앉는 길버트. 하지만 카툼은 깨었으면서도 여전히 주저하고 있었다.

"깼으면 와서 앉아. 먹어야 뭘 하든 하지 않을까?"

"그도 그렇군."

미적거리던 카툼 역시 자리를 박차고 일어나 멧돼지 앞에 앉았다. 그 이후는 아무 말이 필요 없었다. 세 명은 그저 먹는 데만 집중했다. 그중 카툼은 참으로 오랜만에 맞이하는 식사다운 식사라 할 수 있었다.

편안하게 아무런 생각 없이 오로지 맛을 느끼고 배를 채우는 데 집중할 수 있었으니 말이다. 그는 먹으면서도 한 가지 생각을 떠올렸다.

'참으로 한가하구나.'

그랬다. 참으로 한가했다. 지난 1년 동안 그는 언제나 전쟁을 치르듯 이 음식이 이 생의 마지막이라 생각하고 식사를 했다. 한마디로 처절한 식사라 할 수 있었다. 어떨 때는 보름 동안 고기 냄새조차 맡지 못한 경우도 있었다.

그렇게 그들의 식사는 꽤 오랫동안 계속되었다.

"회색 일족의 대전사 카툼이라고 한다."

"용병 아론."

"플랑드르 가문의 장자인 길버트."

그것이 멧돼지를 다 먹는 동안 그들이 나눈 대화의 전부였다. 식사를 마친 세 명은 멍하니 불을 바라보고 있었다. 500kg에 달하는 멧돼지는 뼈만 남긴 채 한쪽에 버려져 있다.

"아무것도 묻지 않는 건가?"

"물어야 하나?"

"그건……."

우물거리는 카툼. 그때 불쑥 길버트가 입을 열었다.

"아무리 생각해도 신기하군. 지금 내 눈앞에 오크가 인간의 말을 거침없이 하고 있다는 것이. 게다가 특유의 콧소리도 없고 말이지."

길버트의 말에 카툼은 기분 나빠하기보다는 그저 당연하다는 듯한 표정을 지어 보이며 고개를 끄덕였다.

"그런가? 나도 이상하긴 하군. 인간들하고 이렇게 한자리에서 식사를 할 줄은 꿈에도 몰랐거든."

"그런가?"

"그래."

"그런데 아까 대전사라고 하던데……"

"인간들 세계로 치자면 소드 마스터에 해당하는 실력자를 일컫는 말이다."

"오, 소드 마스터. 대단하군."

"그렇게 영혼 없는 감탄사를 내뱉을 필요는 없다."

"쩝. 알고 있나?"

"회색 오크족의 대전사는 본능적으로 상대의 강함을 알아본다. 그리고 길버트 당신은 이전과는 전혀 다른 수준의 기사가 되었다는 것도 말이다."

"대단하군."

"하지만 아론보다는 못하다."

"그것도 느껴지는가?"

"느껴진다."

"흐음, 아무래도 대전사가 인간들의 소드 마스터와 같은 경지라는 말은 틀린 것 같군."

"무슨 말인가?"

"나는 이전에 그것을 몰랐거든."

"그런가?"

"하지만 한 단계 올라선 지금은 조금 느낄 수 있으니까 대체로 오크의 대전사는 인간의 소드 마스터와 그레이트 마스터 사이 정도로 봐야 할 것 같군. 그런 면에서 회색 오크는 참으로 대단하군."

"감탄인가?"

"순수한."

"비록 배신당해 쫓기고 있기는 해도 기분이 나쁘지는 않군."

길버트의 말에 숨길 수 없는 자부심을 드러내는 카툼이다. 둘의 대화를 들으며 아론은 고개를 끄덕였다.

그가 고개를 끄덕인 것은 길버트의 성장 때문이었다. 보통 소드 마스터에 진입하면 배꼽 아래의 마나 코어, 즉 언더 코어가 확장 및 안정화가 되면서 바디 체인지를 겪는다.

검을 다루기 위해 가장 안정적이고 완벽한 몸을 만들기 위해서다. 그리고 그레이트 마스터가 되면 언더 코어가 압축되면서 심장 부근의 미들 코어가 개발되며, 그랜드 마스터로 가기 위한 준비를 한다.

이때에도 다시 한 번 바디 체인지가 되는데 소드 마스터와는 다르게 미약한 소울 체인지를 겪으며 정신적인 확장을 가져오게 된다. 지금 길버트는 바로 미들 코어가 만들어졌고, 미약한 소울 체인지를 겪어 정신의 확장을 가져왔다.

그러하기에 회색 오크와 대화를 하면서도 전혀 부담스럽지 않아 하고 있는 것이다. 마치 당연하다는 듯이 받아들이고 있었다. 미들 코어의 개발은 조금 더 담대해지고 세상사에 쉽사리 흔들리지 않은 강심장을 갖게 되어 지극히 객관적으로 변하게 된다.

"내가 변하긴 변한 모양이군."

그때 자신의 상태를 파악한 길버트가 말했다. 미약한 정신의 확장과 미들 코어의 개방은 그를 그렇게 변화시켰다. 그래서 길버트는 지금 이 순간 아버지를 이해할 수 있었다.

'극한으로 감정이 절제되고 있다. 아마도 미들 코어의 개방 때문이겠지.'

그 때문에 자신의 아버지는 그렇게 냉혈한이 되었을지도 모른다. 바로 아버지는 그레이트 마스터의 끝에 이른 상태였고, 자신이 독에 당했다는 것을 알고 있음에도 불구하고 그것을 이용해 자신을 불러들이고 가문을 재정비하려는 것이다.

철저하게 가문을 위한 생각. 한편으로는 씁쓸했다. 자신도 어릴 적 그렇게 원망하던 괴물 같은 차가움을 지녀야 한다는 것이 말이다. 하지만 딱히 나쁜 것도 아니었다. 아니, 어쩌면 지금의 상황을 진정으로 기꺼워하고 있는지도 몰랐다.

'아마도 나는 지금의 상황을 즐기고 있는 것이겠지.'

스스로 판단하고 지극히 객관적으로 변해가고 있었다. 그래서 마법사들을 일컬어 '준비하는 자', 혹은 '탐구하는 자'라고 일컬으며, '냉혈의 심장', 혹은 '이기적인 현자'라고 칭하는지도 모른다.

"앞으로 어떻게 할 건가?"

그때 아론이 카툼에게 물었다. 아론의 물음에 판단이 서지 않은 카툼은 잠시 말문을 닫았다.

"할 일 없으면 우리와 같이 움직이지그래?"

가볍게 제안하는 길버트의 말에 살짝 눈살을 찌푸리는 카툼이다.

할 일이 왜 없겠는가?

종족을 위험에서 구해야 한다. 그런데 그것을 너무 가볍게 이야기하니 절로 눈살을 찌푸려졌다.

"인상 쓰지 말고 들어. 솔직히 지금 할 수 있는 게 없잖아?"

"그건……."

길버트의 말에 카툼은 변명을 할 수 없었다. 아니, 변론일 것이다. 그의 말이 맞기 때문이다.

"그것도 괜찮은 생각이군."

"하지만 문제가 있지."

아론의 동의에 카툼이 자신의 생각을 내비쳤다.

"물론 그 모습으로는 힘들겠지. 아직 사람들은 오크를 하나의 종족으로 인정하기보다는 몬스터로 인식하고 있으니까."

"바로 그것이 문제다."

아론의 말은 정확했다. 그것이 현실이었다. 그때 아론이 품속에서 무언가 주섬주섬 꺼내 카툼에게 건넸다.

"이건?"

"안 되면 얼굴을 가리면 그뿐이지."

"하긴 그렇군. 이종족 중에 체구가 큰 이들도 다반사고 피부색이 알록달록한 이도 다반사이니 얼굴만 가린다면 네가 누군지 모르겠군."

길버트가 동의한다는 듯이 고개를 끄덕이며 말했다. 하지만 카툼은 의심스러운 눈으로 아론과 길버트를 바라보았다.

"왜 나를 이렇게 도와주는 것인가?"

그의 물음은 당연했다. 생판 처음 보고 게다가 자신은 몬스터로 알려진 회색 오크가 아닌가?

"나와 저 친구는 회색 숲에서 회색 오크와 전투를 치렀다."

"그런데 살아 돌아왔다고? 그곳에는 힘으로 대족장의 자리를 꿰차고 앉은 드렉타스가 있는데?"

"살아 돌아왔지. 그리고 봤지. 그들이 인간을 어떻게 했는지 말이야."

"그렇군."

이들은 알고 있었다. 회색 오크가 어떻게 변했는지 말이다. 그것도 아주 철저하게 경험했다. 그제야 카툼은 이들이 자신을 도와준 이유를 알 것 같았다.

"나를 이용할 셈이로군."

"확실히 일반 오크와는 다르군."

그렇게 말하면서 아론은 검지로 자신의 머리를 툭툭 쳤다. 인간의 언어를 완벽하게 구사하고 인간과 전혀 다르지 않은 지혜를 가진 오크. 그것은 재앙이라고 할 수 있었다. 아론의 말을 알아들었는지 카툼은 아론이 건넨 면구를 착용했다.

매미 날개처럼 얇은 면구를 조심스럽게 펴서 얼굴에 가져다 대자 마치 피부가 면구를 흡수하듯 달라붙었다. 숨을 쉬고 얼굴 근육을 움직이는 데 전혀 이물감이 없었다. 카툼과 길버트가 감탄을 자아냈다.

지금 그들의 앞에는 회색 오크의 모습은 온데간데없고 좌상에서 우하로 길게 검상을 입은 범접하기 힘든 기운의 인간 한 명이 있었다.

"보자, 체구가 크니 바바리안족이라고 소개하면 되겠고, 이름은… 그레이가 좋겠군."

"나쁘지 않군. 어쨌든 당분간 신세를 좀 지지."

"환영한다, 친구."

길버트의 넉살에 그를 보더니 아론을 바라봤다. 확실하게 서열을 정하는 그레이였다. 그에 길버트는 인상을 찌푸리더니 이내 체념하듯 말했다.

"확실히 자유롭게 돌아다니려면 용병으로 하는 것이 좋겠지?"

길버트의 말에 아론이 고개를 끄덕이며 나직하게 말했다.

"임페리움 용병대에 가입한 것을 축하한다."

"좋군. 앞으로 잘 부탁한다."

그렇게 일행이 한 명 더 늘었다. 그리고 그들은 다시 걸음을 재촉하여 플람베르 가문으로 향했다.

CHAPTER 7
다시 찾은 플람베르 가문

어스름하게 해가 질 무렵.

플람베르 가문 역시 여기저기에 마법 등이 하나둘 켜지기 시작했다. 그 앞에 외문을 지키고 있는 가병은 준을 오른쪽 새끼발가락 옆에 탁 박고 팔을 펴서 창을 앞으로 내민 상태에서 복화술이라도 하듯 입을 열었다.

"너 그거 들었냐?"

"뭐?"

"대공자께서 플랑드르를 수복하셨다고 하더라."

"성발? 거기는 지난 몇 년 동안 이공자와 삼공자께서 수복하려고 그렇게 노력했지만 수복 못 한 곳이잖아?"

"그렇지. 그런데 보름 만에 협상까지 일사천리로 끝내 버렸대."

"와우~ 대단한데?"

"그거뿐일까."

"그럼 뭐?"

"나 원, 이렇게 무감각해서야."

"대체 왜?"

"잘 들어라."

"잘 듣고 있다."

"그 말은 여태까지 가문에서 후계 1순위로 뽑히던 이공자의 위치가 흔들거린다는 말이 되고, 삼공자 역시 닭 쫓던 개 지붕 쳐다보는 꼴이 되었다는 말이다."

"어? 그럼 줄 잘 서야겠는데?"

"이제 알겠냐? 벌써부터 은밀하게 대공자에게 줄을 서려는 사람이 늘어나고 있다고 하더라."

"에이~ 그런다고 뭐 우리 같은 가병들까지 그럴 필요가 있겠냐?"

"모르는 소리 마라. 그나마 실력이 좀 있어서 외문경비를 하는 거지, 만약 끈 잘못 잡으면 몬스터 토벌이나 뭐 그런 데 끌려가기 십상이다."

"아! 그렇긴 하네."

"그러니까 눈치껏 줄 잘 서란 말이다."

"그런데 넌 어때?"

"난 벌써 대공자 처소에 있는 집사님과 안면을 텄지."

"그… 대공자님 처소의 집사님은 깐깐하기로 유명한데?"

"그냥 안면만 텄다는 거지, 뭐. 뇌물이나 그런 거 줬다가 괜히 개박살 나기 싫다."

"하긴 그렇지? 그런데 그 집사님도 참 대박난 거네."

"그러게 말이다. 워낙 원리원칙주의에 꼬장꼬장해 가장 오랫동안 가문에 머물렀음에도 불구하고 대공자님의 처소로 좌천되었다고 들었는데……."

"전화위복인 셈이지."

"그건 그래. 인생 만사 새옹지마라니까."

"어? 저기……."

"누가 온다."

복화술처럼 정면을 본 채 무표정하게 대화를 나누던 외문경비들은 긴장했다. 그리고 외쳤다.

"누구냐!"

"어, 고생이 많네. 나다!"

밑도 끝도 없이 나라는 말에 두 외문경비병들은 잠시 잠깐 멍한 표정을 지어 보였다.

'어디서 본 것 같은······.'

'대, 대공자님!'

그리고 어스름한 상황에서도 그들은 여지없이 그가 대공자라는 것을 알아봤다. 외문경비병은 뛰어난 실력은 물론이고 담력, 그리고 상당한 눈치와 기억력이 좋아야 했다. 한 번 본 사람을 절대 잊지 않을 정도의 기억력 말이다.

"충! 귀환을······."

"아, 됐어. 공식적인 방문은 아니니까 보고는 하지 마."

"하, 하지만······."

"그냥 담 넘어갈까?"

"아, 아닙니다."

"걱정하지 마. 아무 일 없을 테니까."

"아, 알겠습니다."

"그래, 그럼 수고해."

그러면서 서슴없이 안으로 걸음을 옮기는 길버트. 그런 그의 뒷모습을 바라보는 두 외문경비.

"근데 저 험악한 덩치하고 옆의 무표정한 사람은 누구지?"

"덩치는 모르겠고 무표정한 사람은 그··· 대공자님의 친구라는 분 아닌가?"

"아, 그렇군. 그런데 대공자님은 어째 나갔다 오시면 사람이 한 명씩 딸려 오냐?"

"그러게. 여하튼 뒷일은 걱정 말라 했으니 알지?"

"그래야지, 뭐."

대화를 나누며 다시 원래의 모습으로 돌아가는 두 외문경비. 그들의 선택은 옳았다. 길버트는 내성 정문으로 향하지 않고 은밀하게 담을 넘어 가주의 침소로 들었다. 순간의 판단이었지만 그 판단 덕분에 그들은 어떤 하나의 튼튼한 끈을 잡은 것과 다르지 않았다.

아직 초저녁임에도 불구하고 플람베르 가문의 가주는 침소에서 삐쩍 마른 모습으로 눈을 감고 있었다.

"아버지, 접니다."

언제 어떻게 들어왔을까?

길버트를 비롯한 아론과 그레이가 가주의 침소에 원래 있던 듯 모습을 드러내었다. 그에 깊은 잠에 빠져든 것 같던 가주가 조심스럽게 움직이며 눈꺼풀을 들어 올렸다.

그리고 조용히 자신의 좌측을 바라봤다.

"어떻게 들어온 게냐?"

"그냥 여차저차해서……."

능글맞게 말끝을 흐리는 길버트를 빤히 바라보는 플람베르 가주.

'달라졌다.'

아버지와 아들.

둘은 시선을 교환하면서 서로가 달라졌다는 것을 인식했다. 하지만 그 의미는 서로 달랐다.

'노쇠하셨구나. 이제는 어깨에 짊어진 무거운 짐을 내려놓으셔야 하실 나이인 게지.'

'놈, 어느새 나와 같은 경지인가? 허어.'

그렇다고 해서 몇십 년 동안 생긴 서로에 대한 오해와 앙금, 그리고 거대한 벽이 허물어지지는 않았다.

"할 말이 있는 모양이로구나."

고개를 끄덕이며 아론을 바라보는 길버트. 그에 플람베르 가주의 시선 역시 아론에게로 향했다.

꿈틀!

'측정할 수 없다.'

그가 눈을 크게 뜨며 놀라는 이유는 바로 그것이었다. 자신은 그레이트 마스터이다. 인간이 이룰 수 있는 경지를 목전에 두고 있는 그레이트 마스터 말이다. 그런데 이건 대체 뭐란 말인가?

'마치 바다 위에 떠 있는 조각배 같지 않은가?'

아론을 보고 그가 느낀 감정이다.

"아론입니다."

그런 그의 상념을 깨는 목소리가 들려왔다.

"아론이라… 평민인가?"

"용병입니다."

"가문에 들지 않겠는가?"

선뜻 영입 제안을 하는 플람베르 가주. 그런 아버지를 보며 살짝 놀란 길버트는 이내 피식 웃어버렸다.

'뭐, 아직 정정하시네. 사람 보시는 눈이 날카로운 걸 보니.'

적잖이 안심이 되었다. 그렇다고 모든 근심이 사라진 것은 아니었다. 그리고 길버트는 살짝 기대했다. 아론이 자신의 아버지 말대로 가문에 든다면 정말 큰 힘이 되어줄 터였다.

"할 일이 많습니다."

"할 일이라… 힘든 일인가?"

"무척이나……."

"그래, 남자라면 원대한 꿈을 가져야겠지. 그 정도의 꿈도 없다면 의미가 없음이니. 한데 자네, 날 보러 온 것인가?"

플람베르 가주는 단번에 아론의 청에 의해 길버트가 자신을 찾아왔다는 것을 알아챘다.

길버트가 자신을 찾아올 이유는 없었다. 아들이지만 강하게만 키우고, 미래 가주를 위한 교육만 받은 장자이다.

자신이 그랬던 것처럼 아버지인 자신에게 반발감이 없을 수 없었다. 그 반발감은 쉽게 무너지지 않은 거대한 철벽이기도 했다.

"잠시 몸을 살펴봐도 되겠습니까?"

아론의 말에 플랑베르 가주의 눈썹이 꿈틀거렸다. 그러다 슬쩍 길버트를 바라봤다. 길버트의 눈동자에 흔들림이 없다. 그만큼 아론을 믿고 있다는 것을 의미한다.

'큰아들 놈을 한번 믿어보는 것도 괜찮겠지. 몇 년을 끌어오던 플랑드르의 분쟁을 보름 만에 결정지은 강단을 지니고 있으니까.'

"허락하겠네."

"그럼."

살짝 목례를 올리고 플랑베르 가주 옆에 앉아 조심스럽게 눈을 감는 아론. 그리고 자신의 마나를 플랑베르 가주의 몸속으로 침투시켰다. 그에 플랑베르 가주는 눈을 크게 떠 놀람을 표시했다.

자신의 마나를 타인에게 주입시킬 수 있다니, 처음 경험하는 일이다. 물론 알고는 있었다. 하지만 알고 있는 것과 인지하는 것, 그리고 실제로 행하는 것은 천양지차이다.

가벼운 이물감이 몸속에서 느껴졌다. 하지만 그 가벼운 이물감은 곧바로 자신의 마나와 동화되어 자신의 몸속 핏줄기를 따라 도도하게, 때로는 가볍게 흘러가기 시작했다. 마치 원래 자신의 마나인 양 말이다.

아론은 눈을 감은 채 집중했다. 아주 미세한 무엇이든 간에 감지할 수 있을 정도로 말이다. 그의 감각에는 플랑베르 가주의 전신 곳곳이 생생하게 전해져 오고 있었다.

'찾았다.'

꽤나 오랜 시간이 지나서야 아론은 플람베르 가주가 가진 마나의 흐름을 역행하고 독소가 되는 흐름을 찾아냈다. 너무나도 은밀해 그것이 외부의 독인지 아니면 플람베르 가주의 본인의 마나인지 모를 정도로 은밀한 독이었다.

그 독은 플람베르 가주의 미들 코어와 언더 코어로 흘러들어 가는 길목을 장악하고 있었다. 교묘하게 위장하고 합류해 순수한 마나가 아닌 오염된 마나를 공급하게 만들고 있었다.

단독으로 있다면 독이 아니라고 할 수 있으나 피, 그리고 마나와 함께 결합하게 되면 실로 무서운 독이 되는 독이라 할 수 있었다.

"후우~"

원인을 찾아낸 아론은 나직하고 길게 한숨을 내쉬었다.

"그래, 찾아내었는가?"

"독입니다."

"그것은 나도 알고 있네만."

"하면 무슨 독인지도 아십니까?"

"알면 고쳤겠지."

"혹시 흑염화라는 꽃을 아십니까?"

"흑염화? 아니, 처음 들어보는군."

"사람들은 악마의 눈동자라고 부릅니다."

"아! 마계의 꽃. 알지. 한데 그것이 정말 실존하는 꽃이던가?"

"실존합니다. 그것도 가주님의 몸속에 말입니다."

"내 몸속에 흑염화가 있다고?"

"그렇습니다."

"하지만······."

"흑염화는 사실 꽃이 아닙니다. 동물 이름이지요."

"꽃이 아니고 동물의 이름이라?"

"생긴 것이 꼭 꽃과 같습니다. 하지만 이놈은 단순히 생긴 것이 악마의 눈동자처럼 붉고 대가 검어 만들어진 이름은 아닙니다. 흑염화가 악마의 눈동자라 불리는 이유는 번식할 때 호흡을 통해 인간이나 동물의 몸속으로 들어가 마나, 혹은 피를 변형시켜 자신의 종족을 번성시키는 데 사용하기 때문입니다."

"꽃이지 않은가?"

"하지만 꽃이 아닙니다. 사람이나 동물의 피, 혹은 마나를 숙주로 삼으니까 말입니다. 가주께서는 그나마 강대한 마나가 있어 스스로 누르고 있지만 약간이라도 약해지면 활개 치며 가주의 몸속 곳곳에 자리 잡아 번식하기 시작할 겁니다."

그러면서 아론은 검지로 머리를 톡톡 두드렸다.

"심지어 이곳까지도 말입니다."

"허어, 종내에는 죽는 것인가?"

"죽지 않습니다."

"죽지 않는다? 하면?"

"꼭두각시가 됩니다."

"꼭두각시……."

실로 끔찍한 일이었다. 죽지도 못하고 자신조차 잃어버린 채 남은 평생을 누군가의 조종 아래 살아간다면 말이다.

"해결 방법은 있는가?"

"가주님보다 더 많은 마나를 가진 자나 혹은 환자의 실력보다 한 단계 위의 실력자가 전심전력으로 태워 없애는 방법이 최고의 방법입니다. 다만, 그때 모체가 되는 흑염화가 눈치채지 못하도록 해야 한다는 것이 문제이긴 합니다."

"불가능하다는 말이로군."

"불가능하지는 않습니다."

아론의 말에 그를 바라보는 플람베르 가주.

"자넨가?"

"그렇습니다."

믿을 수 없는 말이었다. 자신보다 많은 마나를 가진 이를 찾기도 힘들 뿐더러 그레이트 마스터를 뛰어넘는 자라면 결국 그랜드 마스터라 할 수 있다. 물론 자신보다 많은 마나를 가진 자라면 원로 여러 명이 함께한다면 가능하겠지만 그것은 현실적으로 불가능했다.

지금 상황에서는 아들조차 쉽게 믿을 수 없기 때문이다. 그렇다면 남은 가능성은 바로 그랜드 마스터에 달한 이라 할 것이다. 그런데 자신보다 한참은 어려 보이는 눈앞의 사람이 그랜드 마스터에 오른 사람이라니 말이다.

"젊어지신 것이오?"

어느새 플람베르 가주의 억양이 조금 떨리며 말을 높였다.

"젊어지기는 했으나 가주님보다 나이 들지는 않았습니다. 길버트와 친구이지 않습니까?"

가벼운 농담처럼 답을 하는 아론. 그에 여전히 믿을 수 없다는 듯이 길버트를 한번 슬쩍 본 후 고개를 끄덕이는 플람베르 가주.

"네놈이 친구는 잘 됐구나."

"괜히 집을 나간 것이 아닙니다."

"12년 만에 돌아온 놈이 할 말은 아닌 것 같구나. 더군다나 나의 와병과 편지가 아니었다면 이쪽으로 고개조차 돌리지 않았을 것 아니냐?"

"세상은 변하는 법이지 않습니까? 아버지가 변하듯이 말입니다."

"말이 많이 늘었구나."

"아버지는… 많이 늙으셨고요."

길버트의 넉살에 플람베르 가주가 피식 웃어 보였다. 그것은 길버트가 단 한 번도 본 적 없는, 정말 갈망해 마지않던 아버지의 인정이 들어 있는 웃음이었다. 말은 하지 않았지만 길버트는 그것을 느낄 수 있었다.

"너의 생명을 구한 은인이라고?"

"그렇습니다."

"어쩌면 네 친구가 가문을 구하게 될지도 모르겠구나."

"그렇게 될 겁니다."

"확신하고 있구나."

"아버지 아들의 친구잖습니까?"

"그런가? 만약 그가 나를 치료한다면 그는 가문의 혈우일 것이다."

"당연히 그럴 것입니다."

아들과의 대화가 끝나고 플람베르 가주가 아론을 바라보았다.

"지금 시작할 생각인가?"

"빠르면 빠를수록 좋습니다."

"바로 하도록 하지."

"참을 수 없을지도 모릅니다."

"설마 꼭두각시가 되어 가문을 말아먹는 것보다 고통스러울까? 나는 준비되었네."

"그럼 알겠습니다. 그레이는 창문 쪽으로 이동하고 길버트
는 문 앞을 지키도록 하지."

"그러지."

그들이 움직였다.

"내가 끝났다고 말할 때까지 그 누구도 안으로 들어서는
안 된다."

"물론이지."

둘의 다짐을 받은 아론은 잠시 플람베르 가주를 바라보다
말했다.

"시작하겠습니다."

"아니, 잠깐, 길버트."

"예."

길버트를 부르는 플람베르 가주. 그리고 침구 속에서 무언
가를 꺼내 그의 손에 쥐어주었다.

길버트는 말없이 그것을 바라봤다.

"임시 가주령이다."

"임시입니까?"

"아직까지는 그렇지."

"어쨌든 알겠습니다."

임시 가주령을 넘긴 플람베르 가주가 아론에게 시선을 두

고 말했다.

"시작하게."

플람베르 가주는 길게 한숨을 내뱉은 후 눈을 감았다.

그의 입가에는 확신이라도 하듯이 가느다란 미소가 걸려 있다.

편안한 모습이다. 그 모습을 본 후 아론은 살며시 눈을 감고 두 손을 들어 플람베르 가주의 미들 코어와 언더 코어가 위치한 곳에서 일정 거리를 두고 손을 뻗었다.

우우우웅!

대기가 공명하면서 둔중하지만 아득한 소리가 플람베르 가문의 침전 안에 가득 찼다.

동시에 아론의 양손에 이루 형언할 수 없을 정도로 따뜻하고 성스러운 빛이 어리기 시작했는데 보는 이로 하여금 절로 무릎을 꿇게 할 정도였다.

본격적으로 치료를 시작한 아론의 생각은 간단했다. 자신의 마나를 플람베르 가주의 마나와 동화시키고, 언더 코어와 미들 코어의 입구에 자리 잡고 그곳을 지나는 모든 마나를 오염시키고 야금야금 먹어치우고 있는 흑염화를 솎아내는 것이다.

하지만 이놈들은 자신들의 생에 대한 집착이 강해 이질적인 것에 굉장히 민감했다. 그러하기에 아론은 최대한 천천히 자신의 마나를 주입하고 동조화시키고 있었다. 마치 플람베르 가주 본연의 마나처럼 말이다.

뚜욱!

눈을 감고 있는 아론의 이마에서 굵은 땀방울이 무게를 이기지 못하고 떨어져 내렸다. 그때 길버트는 그 작은 땀방울조차 치료에 방해될까 두려워 조심스럽게 마나를 흘려 땀방울을 기화시켜 버렸다.

흑염화는 여느 때와 다르지 않았다. 조금 느리기는 하지만 끊임없이 성장해 가고 있었다. 빠르게 성장하는 것도 좋았지만 이렇게 느릿하게 성장해 가는 것도 나름 색다른 맛이 있었다.

오늘도 마찬가지다. 이 인간의 마나는 마치 절로 솟아나는 샘물처럼 끊임없이 공급되었다.

'어째 맛이 조금 이상한데?'

흑염화는 평소와 다른 맛에 고개를 갸웃거렸다. 하지만 그 생각은 금방 잊혔다. 오늘따라 조금은 이질적이지만 달콤한 마나에 정신없이 흡입할 뿐이다. 그리고 평소와는 달리 상당히 그 경계가 느슨해진 탓도 있었다.

항상 자신을 경계해 일정 이상의 마나를 보내오지 않던 육체의 주인이다. 하나 오늘은 어쩐 일인지 아주 조금씩이지만 끊임없이 마나를 유입시키고 있었다. 흑염화는 정신없이 유입

되어 오는 마나를 흡입했다.

하지만 얼마 지나지 않아 조금씩 이상해진다는 생각이 들었다. 자신의 형제들이 자리 잡은 곳은 언더 코어와 미들 코어였다. 그런데 언더 코어의 형제자매들과 연락이 두절되었다.

'무슨 일이지?'라고 생각하는 그 순간 점점 감각이 무뎌졌다. 졸리기 시작한 것이다. 물론 평소와 다르게 유입되어 오는 마나의 상당량을 포식함에서 찾아오는 포만감에 졸리기야 하겠지만 최근 들어 이런 경우는 굉장히 드물었다. 하지만 흑염화는 아무 생각 없이 꾸벅꾸벅 졸기 시작했으며, 급기야 아무런 행동도 없이 잠잠해지기 시작했다.

'됐군.'

아론은 직감하고 곧바로 자신이 가진 공간의 힘을 사용했다. 인간의 혈청이나 세포를 볼 수 있는 현미경이 있다면 분명 플람베르 가주의 피 속에 있던 무언가가 하나둘 사라지는 것이 눈에 보일 것이다.

"으음."

평온하던 플람베르 가주의 얼굴에서 땀이 솟아나기 시작했다. 오랫동안 그 자신을 괴롭혀 오던 흑염화가 하나둘 사라질 때마다 상상 이상의 통증이 전해져 왔기 때문이다. 하지만 그는 잊지 않고 있었다.

아론의 아플 것이라는 말과 절대 입을 열어서는 안 된다는 말을. 하지만 단순히 고통만 있는 것은 아니었다. 고통 속에는 시원함이 담겨 있었다. 피워본 적은 없지만 아마 마약을 피운 다면 이런 쾌감이 들지 않을까 하는 느낌이었다.

그런 고통과 쾌감이 한꺼번에 몰려들자 플람베르 가주는 정신이 아득해짐을 느꼈다. 그때 머리를 두드리며 아론의 음성이 전해졌다.

'아직 끝나지 않았습니다. 정신을 잃으시면 안 됩니다.'

그에 화들짝 정신을 차린 플람베르 가주이다. 메시지 마법으로 아득해지려는 자신의 정신을 일깨운 아론이다. 눈을 꼭 감고 어금니를 꽉 깨문 플람베르 가주는 다시 정신을 다잡았다. 여기서 자신이 정신을 잃으면 이 모든 것이 한순간에 수포로 돌아감을 너무도 잘 알고 있는 플람베르 가주였다.

그는 쾌락과 고통에 정신을 잃을 뻔한 자신의 나약함을 질책했다. 그리고 굳은 의지를 다시 가슴 깊이 되새겼다. 그래서일까, 이전보다 더한 고통과 쾌락에도 불구하고 그는 멀쩡한 정신을 유지할 수 있었다.

아론은 그런 플람베르 가주를 보며 사실 조금 감탄했다.

보는 것이야 그저 힘들고 고통스럽겠지 하겠지만 실제 당사자가 느끼는 고통은 상상을 초월하는 것임을 알기 때문이다.

그 고통이란 전신의 혈관 속을 개미가 기어 다니며 물어뜯는 것과 다르지 않을 것이니 그것을 참아내는 것은 쉽지 않은 일일 것이다.

'괜히 에퀘스 성역의 2좌 자리를 차지한 것이 아닌 모양이로군.'

물론 아론이 감탄한 정도는 고작 이 정도일 뿐이다. 참으로 담담한 평이기는 하지만 아론이 하는 말 중에 이 정도면 굉장한 찬사라 해도 과언이 아님은 분명했다. 어쨌든 시간은 서서히 흘러가고 있다.

초저녁에 시작한 치료는 한밤중을 넘기고, 새벽을 넘기고, 태양이 빠끔히 얼굴을 내밀려는 그 순간까지 계속되었다.

실로 지루하기 그지없는 시간이었다. 특히 길버트에게는 그 반나절의 시간이 마치 평생과도 같은 시간이라 할 수 있었다.

"후우~"

마침내 아론의 입에서 긴 한숨이 내뱉어졌다. 그때까지 길버트와 그레이는 단 한 발자국도 자리에서 벗어나지 않고 있었다.

"다 끝났나?"

"일단은."

"아직 끝나지 않은 건가?"

"이제 회복이 중요하지."

"회복이라면?"

"가주가 정신을 차릴 때까지 이곳을 지켜야 한다는 것이지."

"오래 걸리나?"

"글쎄… 그건 장담할 수 없군. 다만 확신할 수 있는 것은 자네 아버님 정도의 정신력이라면 그리 긴 시간은 소요되지 않을 것 같군."

"그런가?"

아론의 말을 전적으로 신뢰하는 길버트였다. 그는 고개를 주억거리면서 입을 열었다.

"밖에 누구 있나?"

"기사 에이든 칼츠입니다."

목소리를 기억하고 있음인가?

가주의 침전에 그 누구도 함부로 들어올 수 없음에도 불구하고 안에서 소리가 들려왔으나 칼츠 경은 당황하지 않고 대답했다.

"어디 소속인가?"

"레드 드래곤 소속입니다."

"가서 레드 드래곤의 대주와 블러드 골렘의 대주를 불러오도록."

"누구의 명이라 전하리까?"

"대공자의 명이라 전하게."

"……!"

길버트의 명에 아무런 말을 하지 못하는 칼츠 경.

"신분을 증명해야 할 것이나 대주들을 부르는 것은 촌각을 다투는 일. 또한 내게 적의를 가지고 있는 다른 이라면 경은 이미 책임을 소홀히 한 것임에 불문곡직하고 책임을 면치 못할 것이네."

"…명을 따르겠습니다."

"오로지 레드 드래곤과 블러드 골렘의 대주 본인이어야만 하네."

"…알겠습니다."

"그들은 믿을 수 있나?"

"대원들은 어떠할지 모르나 레드 드래곤의 대주와 블러드 골렘의 대주라면 믿을 수 있지."

"어떻게?"

"그들은 가주의 친위대로서 바벨의 탑에서 기사의 언약을 했기 때문이네."

"믿을 수 있겠군."

"오로지 그들만."

"기다리지."

아론은 플람베르 가주의 침소 옆을 떠나지 않은 채 지키고 있었다. 그레이나 길버트 역시 마찬가지였다. 어느 정도의 시간이 지났을 무렵, 이윽고 침소 문밖에서 인기척이 들려왔다.

그에 길버트는 문을 열었다. 베이얀 레드 드래곤 대주와 볼

케이노 블러드 골렘 대주가 확실했다.

"두 분만 들어오시지요."

길버트가 플람베르 가문의 대공자이기는 했지만 가주의 친위대 대주를 무시할 수는 없었다. 길버트의 얼굴을 확인한 둘은 곧이어 문 안으로 들어섰다. 그리고 곧바로 주변을 살폈다.

"저들은⋯⋯."

"일단 안으로 드시지요."

"아, 알겠습니다."

그들이 안으로 발을 들이자 길버트는 다시 문을 닫았다. 베이얀 레드 드래곤 대주는 슬쩍 닫힌 문을 일별하고는 궁금한 표정으로 길버트를 바라봤다.

"가주께서는 독에 당하셨습니다."

그 말에 둘은 놀라지 않았다. 이미 그들도 알고 있었기 때문이다. 하지만 의문은 그것을 가문으로 돌아온 지 1년도 안 된 대공자가 어떻고 알고 있느냐는 것이다. 그런 그들을 바라보며 길버트는 그들의 생각을 알고 있다는 듯이 말했다.

"12년 전의 제가 아닙니다."

"그야⋯⋯."

"또한 가주님의 침상 옆에 있는 이와 창문을 경계하고 있는 자 역시 두 분의 아래가 아니고요."

"⋯알고 있습니다."

그들은 본능적으로 아론과 그레이가 자신보다 훨씬 윗줄이라는 것을 느끼고 있었다. 길버트가 그렇게 확인해 주자 그들은 오히려 딱딱하던 안색을 펴며 길버트를 바라봤다.

"침상 옆에 앉아 계신 분이 가주님을 치료하신 겁니까?"

불같은 성정을 가진 볼케이노 블러드 골렘 대주였으나 눈치 또한 비상하게 빠른 그가 베이얀 레드 드래곤 대주보다 먼저 물었다.

"그렇습니다."

"혹 대공자님의 생명의 은인이라는 친구분?"

"그 또한 맞습니다."

"으음."

모든 것을 순순히 인정하는 길버트의 말에 둘은 신음성을 내며 고개를 끄덕였다.

"한데 어찌 저희들을 부르신 겁니까?"

"이 시간 이후로 가주전을 철저하게 경계해야 할 것 같습니다."

"혹……."

"잘못된 것은 아닙니다. 가주께서 깨어나실 때까지입니다. 그동안 절대적인 안정이 필요하니 말입니다."

"그 누구도 들이면 안 됩니까?"

"그렇습니다. 그리고……."

"그리고?"

"아마도 무력을 사용해야 할 일이 발생할지도 모릅니다."

"그 말은……."

"이제 가문 내에 있는 간자들을 솎아내야 할 시기이지 않습니까?"

"그야 그렇지만……."

그들은 망설였다. 만약 플람베르 가주의 명이었다면 망설임 없이 대답했을 것이다. 하지만 길버트는 대공자이지 자신의 직속상관이 아니었다. 자신들은 오로지 가주의 힘이다.

망설이는 그들을 보고 길버트가 피식 웃었다.

"됐습니다. 그냥 가서 볼일 보시길."

"지금 뭐라 했습니까?"

길버트의 말에 역시 발끈하고 나서는 블러드 골렘의 아드리안 볼케이노 대주.

그 순간 길버트의 얼굴이 싸늘하게 식었다. 능글거리던 얼굴은 어디로 갔는지 보이지 않고 차갑게 서리가 앉아 있다.

"아버지와 나의 일이다. 그대들은 참견치 말라."

갑자기 변해 버린 길버트의 모습.

"대공자!"

클로비츠 베이안 레드 드래곤 대주 역시 길버트가 지나치다 생각한 모양이다. 그 역시 얼굴을 굳히며 말했다.

길버트의 시선이 서서히 레드 드래곤 대주에게로 향했다. 서로의 시선이 부딪치는 그 순간 베이얀 레드 드래곤의 대주는 전신의 피가 싸늘하게 식어가는 느낌을 받았다.

그것은 베이얀 레드 드래곤 대주만 느낀 것이 아니었다. 자신들을 무시했다고 생각해 불같이 화를 낸 볼케이노 블러드 골렘의 대주 역시 마찬가지였다.

'우리가 상대할 수 있는 수준의 대공자가 아니다.'

'허어, 그랬군, 그랬어. 그래서 가주께서는 대공자를 불러들인 것이었군.'

단순한 시선의 교환이었지만 그들은 왜 이 자리에 길버트 대공자가 있어야 하는지 납득했다.

'그러고 보니 올해 대공자의 연치가……'

'마흔다섯. 그러기에는 너무 젊다. 설마?'

두 사람의 생각은 기어코 거기까지 미쳤다. 하지만 그들은 가주의 명이 없이는 절대 움직일 수 없었다.

딸깍!

길버트는 문을 열고 살짝 비켜섰다. 그들은 아직 가주에게 어떤 명령도 듣지 못했다. 하지만 가주가 위험한 것은 사실이었다. 그럼에도 불구하고 길버트의 명을 따를 수 없었다. 그것은 자존심이었다.

한편 길버트는 속으로 개도 안 물어갈 이들의 자존심에 코웃음치고 있었다.

"가주를 모시는 일은 우리가 할 일이오."

그들은 버티면서 입을 열었다.

"하면 너희들은 무엇을 했는가?"

길버트의 호통이 이어졌다.

"가주께서 저리 될 때까지 너희들은 무엇을 했느냔 말이다. 그 알량하고 개도 안 물어갈 자존심이나 세우고 있었더냐? 너희들이 감히 내 앞에서 그런 말을 할 자격이 있더냐?"

"말이 지나치십니다, 대공자."

"12년 만에 돌아오셔서 대체 무얼 안다고."

"그래, 난 모른다. 하나 한 가지 확실한 것은 있다. 네놈들이 가주를 제대로 보필하지 못했다는 것, 이것 하나는 확실하다. 입이 있으면 말을 해보라."

길버트의 말에 둘은 표정이 붉으락푸르락하면서 말을 하지 못했다. 자신들은 가주의 친위대. 가주의 명에 죽고 산다. 한데 정작 자신들이 모셔야 할 가주는 와병 중에 있다. 엄밀히 말하면 이것은 직무유기다.

결코 자유로울 수 없었다.

"가주께서 깨어나실 때까지 근신하라. 이것은 가주께서 주신 대행자로서 한 말이니 명심해야 할 것이다."

그러면서 언제 받았는지 모를 임시 가주령을 그들 앞으로 툭 던지는 길버트.

"이, 이건……."

"가주께서 치료 받기 전에 주시더군. 가주께서는 이런 경우를 예상하신 게야. 불복하겠나?"

"가주령을 뵙습니다."

그들은 길버트에게 무릎을 꿇는 것이 아니라 가주령에 무릎을 꿇었다. 그런 그들을 보며 길버트는 비릿한 미소를 떠올리며 말했다.

"임시 가주령으로 명한다. 레드 드래곤과 블러드 골렘은 이 시간부로 근신을 명한다."

"…명을 따릅니다."

무언가 반발을 하고 싶었다. 하지만 임시 가주령 역시 자신들이 따라야 할 가주령임이 분명하니 더 이상 왈가왈부할 수 없었다. 그들은 분한 표정으로 가주의 처소를 나섰다. 물론 대공자가 달라졌기 때문에 가문으로 불러들인 것은 이해한다.

하지만 자신들에게 이럴 수는 없는 법이다. 평생을 가주의 그림자로 살아온 자신들에게 말이다.

'그래 봤자 애송이.'

'다시 우리를 찾을 것이다.'

탁!

그들이 문을 나서자마자 소리 나게 문을 닫아버리는 길버트.

"하라는 대로 하긴 했는데……."

"소문이 퍼지겠지."

"그렇겠지."

"그들이 없으면 어떻게 될까?"

"노골적으로 드러낼 것이란 말인가?"

"아마도."

"더 숨지 않을까?"

"만에 하나 가주께서 일어나게 된다면?"

"그렇군. 그동안 공들인 탑이 무너지는 꼴을 보게 되겠군."

"그렇지. 분명 누군가는 움직일 것이다."

"그럼 우리도 준비해야 되지 않겠나?"

길버트의 우려 섞인 말에 아론은 담담하게 입을 열었다.

"소드 마스터와 그레이트 마스터의 중간에 머문 그레이가 있고, 이제 시작이긴 하지만 당당하게 그레이트 마스터에 오른 자네가 있네. 뭐가 더 필요하지?"

"그… 없군."

이곳은 넓은 전장도 아니고 수십만의 병력이 있는 곳도 아니다.

자신의 아버지가 머무는 처소이다. 이곳에서 과연 자신의 감각을 벗어날 만한 존재가 있을까?

생각해 봤지만 그 누구도 머리에 떠오르지 않았다.

자신의 가문에서 아버지를 제외하고는 그레이트 마스터에 오른 이가 없다. 그러다 길버트가 한 명 더 추가해야 한다는 듯이 입을 열었다.

"쉐도우도 있고 말이지."

"이름이 쉐도우인가?"

"뭐 다른 이름이 있는지는 모르지만 적어도 내가 아는 선에서는……."

"그자가 있으면 더욱더 이곳은 철옹성이 되겠군."

"그렇군."

그들은 한담을 나눴다. 지금의 상황은 전혀 모른다는 듯이 말이다. 그때 문밖에서 문고리를 두드리는 소리가 들려왔다.

"형님, 접니다."

"불가!"

"형님!"

"불가!"

길버트는 오로지 불가만 외쳤다.

"정히 그리 나오신다면 강제로 문을 열 수도 있습니다."

"할 수 있다면."

"이익!"

길버트의 말에 자존심이 상한 젤루스 이공자. 그는 얼굴이 딱딱하게 굳어지며 곁에 있는 기사에게 눈짓을 보냈다. 그에 기사는 지체 없이 검을 뽑아 들고 검에 마나까지 담아 문의 손잡이를 내려쳤다.

까아앙!

상상할 수도 없는 소리가 들려왔다. 아무리 단단한 철심목으로 만들었다고 해도 마나가 깃든 검을 튕겨낼 정도는 아니었다. 더군다나 지금 검을 휘두른 이는 중급에 이른 기사가 아닌가?

그럼에도 불구하고 불똥이 튀면서 검을 튕겨내었다. 하지만 그 놀람은 정작 검을 휘두른 기사만큼은 아니었다. 기사는 손아귀가 찢어질 듯한 충격에 그저 멍하게 철심목으로 만들어진 문과 문고리를 바라봤다.

있을 수 없는 일이었다. 그에 젤루스 이공자는 살짝 눈살을 찌푸렸다.

"방금 그거……."

"대공자께서 문에 마나를 주입시키신 듯합니다."

"그것이 가능한가?"

"아마 최상급이라면 가능하지 않을까 싶습니다."

"끄응."

마음에 들지 않는다는 듯 앓는 소리를 내는 젤루스 이공

자. 하지만 속마음을 달랐다.

'최상급이라……. 형님이 가문을 나갔을 때 상급이었다. 그 후로 12년. 충분히 가능한 이야기다. 어쨌든 형님의 실력이 어느 정도인지 이제 대충 알았으니 물러나는 수밖에.'

어쨌든 효과는 있었다. 그리고 그는 잠정적으로 길버트의 실력을 최상급으로 단정 지었다.

'만만치 않겠군.'

생각을 거듭하는 젤루스 이공자의 모습에 한 기사가 여전히 납검을 하지 않은 채 조심스럽게 입을 열었다.

"어찌하시겠습니까?"

"화염대를 투입하고 가주전을 철저히 지킨다. 또한 나 역시 가주전 앞에서 지낼 것이니 준비하라."

"명을 받습니다."

안에서 밖의 상황을 속속들이 듣고 있던 길버트는 일이 요상하게 돌아감을 알고 헛웃음을 지었다.

"의외로 도움이 되는 면도 있군."

"그렇군. 영악한 동생이로군."

"어릴 때는 안 저랬는데."

"얼마나 어릴 때?"

"한… 다섯 살?"

"세상 물정 모를 때군. 세상을 조금 알고서 달라졌다고 보면 영악한 놈이 맞는군. 지금도 자신의 세를 과시하고 자네의 자리를 위협하기 위해 화염대를 부르는 것이 아닌가?"

"그렇다고 봐야지."

길버트는 볼을 검지로 긁으며 마뜩찮은 듯 답했다.

"그러면 삼공자도 오겠군."

"그렇겠지?"

"의외의 방수로군. 그 의도가 어떻든 말이지."

"그럼 조금 쉬어도 되나?"

"그건 좀 그렇군."

"왜?"

"가주를 중독시킨 자들이네."

"아! 하긴 그렇군. 저따위 허수아비쯤은 아무것도 아니겠군."

"그런 셈이지."

"그건 그렇고, 언제쯤 일어나시려나."

"오랫동안 시달렸다. 쉽게 깨어나시진 않을 것이다."

"그런가?"

길버트는 고개를 끄덕이며 팔짱을 낀 채 침소의 문에 어깨를 기대었다. 어찌 보면 상당히 불량한 자세였으나 그레이트 마스터에 오른 그를 그 누가 뭐라 할 수 있겠는가?

있다면 잠들어 스스로 치유하고 있는 플람베르 가주 정도일 것이다.

*   *   *

"으음……."

나직하고 육중한 신음 소리가 흘러나왔다. 굳게 닫힌 입술을 비집고 한줄기 검붉은 핏물이 흘러내렸다. 사내는 손으로 가볍게 흘러내리는 피를 닦아내고 잠시 자리를 보존하다 힘겹게 일어섰다.

"흑염화의 자식들이 모두 사라졌다."

나직하게 입을 여는 사내.

"도대체 어떻게……?"

흑염화의 모체와 자식은 서로 이어져 있다. 그래서 어떤 낌새가 보이면 모체가 반응하게 되어 있었다. 하지만 흑염화의 모체는 전혀 반응하지 못했다. 그러함에도 흑염화의 자식들이 사라져 버린 것이다.

사내는 왼손을 든 후 단검으로 손바닥을 갈랐다. 그러자 어깨에서부터 무언가 꿈틀거리더니 팔을 타고 내려와 단검으로 가른 손바닥으로 꾸물거리며 모습을 드러냈다.

'흑염화…….'

흑염화였다. 어찌 보면 그저 한 송이 아름다운 꽃으로 보인다. 하지만 그 실상은 어떤 기사조차도 한 줌의 흑수로 녹여버릴 수 있는 지독하기 그지없는 독충이었다.

모자가 연결되어 자식은 결코 모체를 배신할 수 없었다. 만약 그런 것이 감지되면 자식들이 머물고 있는 기사의 몸은 그대로 흑수가 되어 사라질 테니까 말이다.

흑염화는 멀쩡했다.

타격을 받지 않았다는 것이다. 흑염화는 독충답게 자식이 모두 사라졌음에도 불구하고 전혀 미동조차 없었다. 자식은 언제든지 낳을 수 있으니 말이다.

물끄러미 흑염화를 지켜보던 사내는 이내 주먹을 말아 쥐었다.

그에 흑염화가 재빠르게 갈라진 손바닥 사이로 사라졌다.

"의외의 변수로군."

그가 홀로 독백을 할 때 그의 등 뒤로부터 무언가 일렁거리며 모습을 드러냈다.

"무슨 일인가?"

사내는 뒤도 돌아보지 않고 물었다.

"가주전에 이공자와 삼공자가 병력을 대동한 채 머물고 있습니다."

"이유는?"

"아마도 가주의 신상에 어떤 일이 발생한 듯싶습니다."

"이상하군. 그렇다면 가주 친위대가 움직였을 터인데?"

"대공자가 임시 가주령으로 그동안 가주에 소홀한 책임을 물어 근신을 명했다 합니다."

"대공자? 그가 왔다고?"

"그렇습니다."

"한데 어찌?"

"대공자가 왔다는 것은 가주 친위대가 근신에 들어감에 따라 드러난 사항입니다."

"하면 사공자는 무얼 하고 있지?"

"그것을 묻고자 하십니다."

"멍청한. 묻기는 무얼 묻는단 말이냐. 당장 병력을 대동하고 가주전으로 가야지."

"하나⋯⋯."

"아니, 아니다. 내 직접 간다."

사내는 곧바로 풀 플레이트 메일을 착용하고 헬름을 옆구리에 낀 채 사공자의 처소로 향했다.

"프롬입니다."

"오! 기다리고 있었습니다."

소리를 내기 무섭게 안에서 사공자가 장비를 착용한 채 나오고 있다. 프롬 경은 고개를 미약하게 고개를 끄덕였다.

"소식 들었죠?"

"들었습니다."

"하면 가주전으로 가야지요."

"알겠습니다."

CHAPTER 8

소가주 길버트 플람베르

마지막으로 사공자까지 가주전에 진을 쳤다. 그가 등장하자 이공자와 삼공자가 눈살을 찌푸렸다.

"네가 여긴 웬일이냐?"

"아버지의 병세가 걱정되지 않겠습니까?"

"별일이로구나. 겁이 많아 나서지 않고 권력에는 관심이 없는 줄 알았더니."

"어쩌겠습니까? 그래도 아버지의 아들인 것을."

이공자와 삼공자의 노골적인 무시에도 불구하고 사공자는 얼굴에 철판을 간 듯 답을 했다.

"저, 저……."

이공자와 삼공자는 그런 사공자의 모습에 짜증이 확 치밀어 오름을 느꼈다.

발가락의 때만큼도 여기지 않던 사공자다. 있는 듯 없는 듯 존재감조차 없는 사공자였다. 그런데 지금 이 결정적인 순간에 모습을 드러내었다.

사공자는 기사 프레드리히 프롬과 그를 따르는 기사 열 명, 그리고 가병 몇 명과 함께 자리를 잡기 위해 걸음을 옮겼다.

"여기가 좋겠군."

사공자가 자리가 마음에 든 듯 말하자 기사 프롬은 곧바로 가병들에게 명을 내렸다. 하지만 가병들이 움직이기 전에 제지를 당했다.

"죄송합니다만 이곳은 삼공자님이 자리를 잡은 곳입니다."

그에 사공자는 삼공자가 있는 곳으로 시선을 돌렸다. 그에 삼공자는 느긋하게 의자에 앉아 마시고 있던 술잔을 들어 보였다. 그 모습에 사공자는 서늘한 미소를 떠올렸다.

"그래서?"

그의 입에서 흘러나온 것은 상당히 의외의 말이었다. 그에 당황한 것은 오히려 자리를 칠 수 없다고 말을 한 기사였다.

"어, 그래서……."

그러면서 삼공자가 있는 곳을 바라봤다. 그에 그 모습이 답답했는지 다른 기사가 앞으로 나서며 말했다.

"그러니 다른 곳에 자리를 펴셨으면 합니다."

"싫은데?"

"싫어도 어쩔 수 없습니다. 이곳은 이미 삼공자께서……."

그런 기사의 태도에 사공자는 새끼손가락으로 귀를 후빈 후 새끼손가락에 묻어 나온 귀지를 기사가 있는 방향으로 후 불어내며 말했다.

"지금 나를 무시하는 것인가? 내가 아무리 세력이 없다 할 지라도 대플람베르 가문의 사공자이다. 감히 너 따위가 나에 게 이래라저래라 하는 것이더냐?"

"그건……."

서슬 퍼런 사공자의 말에 기사는 말을 이을 수 없었다. 이 전과는 전혀 다른 사공자의 모습에 당황한 모습이다. 나약하 고 게으르며 권력에 관심이 없는 모습이 이전의 사공자였다면 지금의 사공자는 역시 플람베르 가문의 아들이라는 말이 절 로 나올 정도로 대단한 기세를 가지고 있었다.

"무엇 하는가, 어서 자리를 펴지 못하고?"

"명을 따릅니다."

사공자의 서슬 퍼런 당찬 모습에 가병들과 기사들은 신이 나서 자리를 펴기 시작했다. 그에 삼공자 측의 기사들은 멀거 니 그 모습을 지켜볼 따름이다.

"뭐 하고 있나?"

"이곳은……."

"앵무새가 따로 없군. 가자. 내 직접 형님께 말을 전할 터이니."

"그……."

"내가 그리도 얕잡아 보였던가? 정말 그런 것이더냐?"

"아, 아닙니다."

"안내하라."

"알겠습니다."

기사들은 사공자를 삼공자에게 안내했다.

"무슨 일이더냐?"

짜증이 잔뜩 섞인 삼공자의 물음.

"제가 자리를 펴려 하는데 이놈들이 방해를 합니다. 설마 그런 치졸하기 그지없는 명령을 영명하신 형님께서 내리셨을 리는 없고, 누군가 주동자가 있을 터이니 그 주동자를 찾고자 합니다."

꿈틀.

사공자의 교묘한 언행에 삼공자는 눈썹을 꿈틀거렸다.

그는 속으로 상당히 당황스러웠다. 지금 눈앞에 있는 이가 자신이 알고 있던 동생이 맞는가 싶어서 말이다. 평소에는 자신의 눈도 제대로 쳐다보지 못했다.

가문의 어떤 이들과도 대화를 거부하고 홀로 그만의 공간
에서 지내던 막냇동생이다. 한데 도대체 이 교묘한 화술과 당
당함은 무엇이란 말인가? 도무지 이해할 수 없었다. 하지만 지
금은 물러설 수밖에 없었다.

　"크음, 알겠다. 내 휘하의 기사에게서 일어난 일, 내가 알아
서 하마."

　"알겠습니다. 그럼."

　삼공자가 말을 마치자마자 돌아서 가버리는 사공자.

　"사공자께서 조금 달라진 것 같습니다."

　곁에 있던 적운대주와 호위대장 중 호위대주가 입을 열었
다.

　"그렇군. 아니, 조금이 아니라 많이 달라졌군. 정말 내게 저
런 동생이 있었는지 의문이 들 정도로 말이지."

　"아무래도……."

　그때 보리스 베레좁스키 참모가 조심스럽게 입을 열었다.

　"아무래도?"

　"뭔가 있지 않을까 싶습니다."

　"뭔가 있다?"

　"그렇습니다. 그렇지 않고서야 전혀 다른 사람으로 변할 수
는 없지 않겠습니까? 그동안 진정한 모습을 감추고 있었을지
도 모릅니다."

"후자라면… 진정 소름 돋는 일이로군."

"그랬다면 사공자는 대공자보다, 이공자보다 더 경계해야 할 대상이 됩니다."

"알아보겠나?"

"알아봐야겠습니다."

세 아들 간의 묘한 대치가 이어지는 가운데 플람베르 가주는 여전히 깊은 잠에서 깨어나지 못하고 있었고, 벌써 사흘째 아론과 길버트, 그리고 그레이는 말없이 가주의 침소를 지키고 있었다.

그러함에도 불구하고 그들의 얼굴에서는 피곤한 기색이라곤 전혀 보이지 않았다.

만약 그들이 일정 경지에 이르지 못했다면 상상조차 할 수 없는 일이다.

"으음."

그때 플람베르 가주의 입에서 미약한 신음 소리가 들려왔다. 사흘 전과는 다르게 조금은 살이 붙었고 창백한 모습은 사라졌으며 말랐지만 깐깐하던 본연의 기색을 찾아가고 있는 모습이다.

약간의 시간을 두고 전혀 떠질 것 같지 않던 플람베르 가주의 눈꺼풀이 스르르 올라갔다. 플람베르 가주는 그 상태 그대로 눈을 껌뻑이며 천장을 바라보다 이내 주변을 둘러보며 입을 열었다.

"조금 시끄럽구나."

"아버지의 병환이 걱정되어 아들놈들이 저렇게 가병과 기사들을 대동한 채 가주전을 에워싸고 있습니다."

길버트의 말에 플람베르 가주는 피식 웃어 보였다. 자신의 병환이 걱정된다는 말에 웃음을 참을 수 없었던 것이다. 그러다 입맛을 다시며 말했다.

"목이 마르군."

그에 아론은 곁에 있는 컵에 물을 가득 따라 건넸다. 슬쩍 아론을 바라본 가주는 덤덤하게 자리를 털고 일어나 아론이 건넨 컵을 받아 들고 시원하게 마셨다. 그러고도 모자랐는지 은색의 주전자를 통째로 들고 거침없이 마셔댔다.

그 모습에 길버트는 상당히 놀란 얼굴을 했다. 이전이었다면 정말 있을 수 없는 일이다. 자신이 기억하는 아버지는 언제나 위신과 체통, 그리고 예를 중시했다.

"많이 변하셨습니다."

어느새 문 앞에서 침상 옆으로 다가온 길버트가 말했다.

"죽었다 살아나니 세상이 조금 달리 보이는구나."

"그건 믿을 수 없는 말입니다만……."

"흠, 안 속는군."

플람베르 가주의 말에 피식 웃어버리는 길버트였다.

지금까지 살아오면서 이렇게 대화를 한 적이 몇 번이나 있던가? 설마 아버지가 자신에게 농담을 할 줄은 꿈에도 생각지 못했다.

"그리고 고맙군."

"친구의 아버님이십니다."

"당연히 해야 할 일이라는 말인가?"

"그런 것도 있습니다."

"뭐, 어떤 조건이 붙었는지는 모르지만 고마운 건 고마운 거지. 느낌상 그 흑염화를 제거하기 위해 시술하는 시술자역시 실패하면 만만치 않은 타격을 입어야 했을 터인데 말이지."

"조건이 있었다면 치료하기 전에 말했을 겁니다."

"그런가? 아니면 말고."

"아버지, 제 친굽니다."

"누가 뭐라 하더냐?"

"제가 아버지 친구분께 그런 말을 하면 기분 좋습니까?"

"안 좋지."

"제 친구는 제 목숨을 살리고 아버지의 목숨도 살렸습니다. 어쩌면 아버지의 철권통치 때문에 구멍이 숭숭 뚫려 버린 가문조차도 살려낼 수 있을지 모릅니다. 기분 나쁩니다."

길버트의 말에 플람베르 가주는 빤히 아들을 바라봤다. 길버트는 예전처럼 아버지의 시선을 피하지 않았다. 그에 플람베르 가주는 가볍게 혀를 찼다.

"쯧. 귀여운 맛이 하나도 없군."

"제 나이가 어떻게 되는지는 아십니까?"

"그야… 모르겠군."

"다행입니다. 아셨으면 제가 할 말이 없었을 테니 말입니다."

참으로 대단한 부자지간의 대화였다.

아론은 둘의 대화에 피식 웃었다. 자신이 듣기로 길버트는 그의 아버지와 허물 수 없는 거대한 벽이 있다고 했다. 하지만 어느 순간 두 부자는 마치 몇백 년을 함께한 듯 농담처럼 대화하고 있었다.

"어쨌거나 난 좀 쉬어야겠다."

"밖에 있는 놈들은요."

"그 정도는 네 선에서 해결하면 안 되겠냐?"

"해결이 돼야 말이지요. 그리고 저 지금 가문으로 돌아온 지 겨우 10개월 정도밖에 되지 않았습니다만."

"말하는 본새를 보면 한 2백 년은 산 것 같다만."

"다 아버지 아들이 잘난 덕분이지 않습니까?"

"쩝, 옜다."

그러면서 임시 가주령이 아닌 가주령을 넘겨주는 플람베르 가주. 그에 길버트는 뚱한 얼굴이 되어 물었다.

"뭡니까, 이건?"

"좀 쉬려고."

"아니, 그래도 그렇지, 이런 걸 툭 던져주면 어떻게 합니까?"

"그럼 뭘 더 해주리? 다 큰 자식 놈한테."

"저 가주령 빼고 아무것도 없습니다."

"여태 잘해왔잖느냐."

"그럼 플랑드르는 어떻게 합니까?"

"네가 알아서 해야지. 이제 가주는 너다."

"싫습니다."

그러면서 가주령을 침상 위에 올려놓는 길버트.

"왜, 지겹지 않느냐? 너 또한 가주를 원한 것 아니더냐?"

"물론 원합니다. 제 생각대로 가문을 새롭게 개조하려면 말입니다."

"그런데?"

"그것만 덜렁 던져준다고 가문의 사람들이 절 따르겠습니까?"

"따르게 해야지."

"너무 시간이 오래 걸립니다."

"으음."

길버트의 말에는 많은 것이 함축되어 있었다.

비록 플람베르 가주가 병석에 누워 있었지만 눈과 귀를 닫고 살아온 것은 아니다. 아니, 오히려 병석에 누워 있지 않을 때보다 주변에 더 신경 썼다.

그리고 에퀘스의 성역에 기이한 기류가 감돌고 있는 것을 알 수 있었다. 그 기이한 기류 중 하나가 바로 칼뤼베이우스 가문이 불법으로 플랑드르를 점유한 것이다.

"어디까지 알고 있느냐?"

"많이는 알지 못합니다. 하지만 이번 플랑드르를 수복하면서 이런저런 정보를 많이 접하게 되었습니다. 그래서 일단은 내부 단속을 먼저 해야겠다는 생각을 하고 있는 참입니다."

"내부 단속이라……."

"아버지도 알 겁니다. 아버지에게 독을 쓸 수 있는 이는 많지 않다는 것을 말입니다."

"물론 그렇다."

"그리고 이 친구에게 들으니 흑염화라는 독충은 모체가 주변 1㎞ 이내에 있어야 한다는군요."

길버트의 말에 플람베르 가주는 슬쩍 아론을 바라봤다.

"자네는 흑염화라는 독충을 어떻게 알게 되었는가?"

"23년간 전쟁 용병으로 살았습니다."

"그런가? 대단하군. 그런데?"

"그동안 많은 사람을 만날 수 있었고, 많은 서적을 접할 수 있었습니다."

"용병이 글을? 대단하군."

"용병이 글을 알면 안 됩니까?"

"아! 곡해하지 말게. 비아냥거림이 아닌 순수한 감탄이네. 기사들도 글을 모르는 판국에 전쟁 용병으로서 글을 터득했다는 것에 대해서 말이지."

"알겠습니다. 어쨌든 그중에는 이종족도 있었고 마법사도 있었습니다."

"그렇겠지."

"또한 구할 수 없는 서적도 있었고 말입니다."

"하기는……."

인정하지 않을 수 없었다.

글을 안다면, 그리고 저와 같은 사람이라면 충분히 많은 사람과 교류했을 가능성이 높았다.

"어쨌든 이해해 주게. 나이가 드니 의심만 느는군."

"별로 좋지 않은 버릇이군요."

"그런가? 뭐, 그래도 어쩔 수 없지. 그런데 혹시 저놈을 저렇게 능글맞게 만든 게 자넨가?"

"그럴 수도 있을 겁니다."

"친구 하난 잘 뒀군. 한데……."

아론은 플람베르 가주가 무슨 말을 하려는지 안다는 듯이 입을 열었다.

"전 8백 명에 이르는 임페리움 용병대의 대주입니다."

"쯧. 아깝군. 그럼 플람베르 가문의 가주로서 의뢰해도 되겠나?"

"받아들일 수 있다면 말입니다."

"당분간 플랑드르를 맡아주게."

"당분간입니까?"

"뭐, 상황 봐서 자네에게 완전히 떼어줄 수도 있고."

의외의 말에 아론이 아니라 길버트가 놀랐다.

자신의 손에 쥔 것은 절대 놓지 않던 아버지다.

그런 아버지가 노른자위와 같은 플랑드르를 양보하겠다니 솔직히 믿을 수 없었다. 하지만 한번 입에 담은 말이라면 무슨 일이 있어도 번복하지 않는 아버지의 성격이라면 그대로 이행될 공산이 컸다.

하지만 아론은 이해했다. 당분간 내부 단속에 집중하려는 플람베르 가주의 속셈을 말이다.

내부 단속을 위해서는 수족처럼 움직일 수 있는 무력이 중요했다. 그리고 이미 특무대가 길버트의 수족이 됐음을 짐작하고 있는 플람베르 가주였다.

그들을 길버트의 세력으로 넣고 자신 역시 길버트를 앞세워 길버트에게 힘을 준다면 그리 오래지 않아 내부를 튼튼하게 만들 수 있음이다. 다만 그 내부 단속 기간 동안 칼뤼베이우스 가문이 살짝 걱정되는 바였다.

무슨 생각인지는 모르겠지만 그들은 너무 순순히 플랑드르에서 물러났다. 그 말인즉슨 조만간 다시 같은 일을 반복할 가능성이 높다는 뜻이고, 그때는 지금과 같이 순순히 물러나지는 않을 것이 분명하기 때문이다.

"나쁘지 않군요."

"허락하는 겐가?"

"저 또한 대원들의 실력을 키워야겠기에 말입니다."

그 말에 플람베르 가주는 아론을 뚫어지게 바라봤다. 그러다 문득 물었다.

"자네의 꿈, 지금 들어도 되겠나?"

"말해주지 못할 것도 없습니다."

"말해주게."

"용병들의 대지."

짤막한 아론의 말에 플람베르 가주는 눈을 크게 떠 놀람을 표하더니 이내 가볍게 한숨을 내쉬며 고개를 주억거렸다.

"어쩌면 자네라면 가능할지도 모르겠군."

"그거 참 듣기 좋은 말이로군요."

"듣기 좋으라고 한 말은 아니네. 이미 자네는 에퀘스의 성역 제2좌인 플람베르 가문을 강력한 혈맹으로 두지 않았나."

"혈맹입니까?"

"다만 아직 대외적으로 발표는 못 하네. 저놈과 나만의 약속이지."

"문서 따위보다 플람베르 가주와의 생사지교 약속이 더 중합니다."

"좋군. 확실히 내 아들놈이지만 난놈은 난놈이군."

아버지의 인정에 씨익 이를 드러내며 웃는 길버트.

"웃지 마라. 정든다, 이놈아."

"이제부터는 정을 차곡차곡 쌓아가야 하지 않겠습니까? 너무 오랫동안 정에 굶주려서 말입니다."

"쯧."

"어쨌든 저를 전면에 내세울 거라면……."

"소가주가 좋겠지."

"알겠습니다."

"그건 그렇고, 친위대가 왜 안 보이느냐?"

"근신 명령을 내렸습니다."

"근신?"

"네."

"음, 잘했다. 그놈들, 실력 좀 길러야 해. 이놈들이 군기가 빠져서 도통 노력을 하질 않아."

"마침 훌륭한 교관이 아버지 앞에 있습니다만."

그에 다시 아론에게 시선을 두는 플람베르 가주.

"그 친구 덕분에 특무대 전원이 익스퍼트에 오른 기사가 되었습니다. 물론 제가 야수감각도를 그들에게 전수하긴 했습니다."

"무엇이? 야수감각도를?"

"그렇습니다."

"그러고도 살아남은 이가 있더란 말이냐?"

"살아남았습니다. 그래서 저리도 강력한 특무대가 되었고 말입니다. 물론 그 모든 것을 가능케 한 것은 순전히 아버지 옆에 앉아 있는 이 친구 덕분입니다. 만일 이 친구가 없었다면 십중팔구 죽었을 겁니다."

"아니, 십 중 십은 죽었을 게다."

"그 정도로 위험한 물건이었습니까?"

"당연하지, 이놈아. 아직 완성도 되지 않은 마나 호흡법이거늘."

"아!"

그제야 길버트는 자신이 얼마나 안일했는지 깨달았다. 12년 전의 기억만 믿고 적용한 자신이다. 자세히 알지도 못하고 말이다. 그런 아직 완성도 되지 않은 마나 호흡법을 그들에게 적용해 성공시켰다니.

입을 딱 벌린 길버트가 새삼스럽게 아론을 바라봤다.

"그렇게 존경스러운 표정으로 날 볼 필요는 없네."

"지금 이 순간 자네가 존경받지 않으면 대체 누가 존경받겠나? 완성도 되지 않고 버려진 마나 호흡법을 완성시킨 것이 자네 아닌가?"

"하지만 내가 없으면 불가능한 호흡법이지."

"그건 뭐 좀 아쉽기는 하지만 어쨌든 그 덕분에 나에게는 그 누구도 함부로 할 수 없는 무력 단체가 생기지 않았는가?"

"그렇게 생각해 준다면 고마운 일이고."

아론은 무덤덤했다.

오히려 그런 무덤덤함에 플람베르 가주는 더욱 놀랄 수밖에 없었다. 만들기도 어렵지만 완성하는 것은 더더욱 어려운 것이 마나 호흡법이다. 그런데 그것을 단번에 완성시켰다니. 물론 그가 없으면 익히기 불가능한 반쪽짜리이기는 하지만 말이다.

"그래서… 그래서 얼마나 살아남았지?"

"최초 274명에서 208명 남았습니다. 그중 대다수는 훈련 도중 죽었습니다."

"하아!"

길버트의 말에 플람베르 가주는 긴 한숨을 토해냈다. 그러다 눈을 반짝이며 아론을 보며 입을 열었다.

"혹시……."

"이 친구와 약속했습니다. 특무대만입니다. 그리고 저 역시 야수감각도를 용병들에게 사용치 않을 겁니다."

"아쉽군."

그러면서 길버트를 봤다.

"그때는 그것이 최선이었습니다."

"누가 뭐라 했더냐?"

"뭐라 한 것 같아서 말입니다."

"쯧."

짧게 혀를 차는 플람베르 가주. 그때 아론이 입을 열었다.

"이제 일어나셔도 됩니다."

"나는 아직……."

"사흘간 수면에 드셨고 완전히 마나를 갈무리하신 것 압니다. 길버트에게 들어보니 할 일이 산더미 같더군요."

"이런, 잘난 아들놈 친구 때문에 꾀병도 부리지 못하겠군. 끄응!"

그러면서 자리에서 일어나 침상에 걸터앉는 플람베르 가주. 아무리 그레이트 마스터라 해도 오랫동안 쓰지 않아 근력이 제대로 회복되지 않음을 깨달은 것이다.

"부탁 몇 개만 해도 되겠나?"

"몇 개나 됩니까?"

"쪼잔하게 한 개씩 부탁하는 게 좀 그래서 말이지."

"들어보고 가능하면 들어드리겠습니다."

"친위대 훈련 좀 시켜주게."

"조건은 제 명령에 절대 복종입니다."

"그건 당연하지."

"본보기로 몇 명 죽여도 됩니까?"

"사람을 못 알아보는 놈이라면 그래도 되지."

"알겠습니다. 또 있습니까?"

"플랑드르의 총령이 되어주게."

"그 일은 승낙한 것으로 알고 있습니다."

"대충 얼버무리는 것보다 확실한 대답을 듣고 싶네."

"하겠습니다."

아론의 대답에 만족한 듯 웃음을 지어 보이는 플람베르 가주. 그리고 다시 입을 열었다.

"그리고 가문이 안정될 때까지 지켜주게."

"그 또한 승낙합니다."

"가볍지 않을 것이네. 칼뤼베이우스 가문이 너무 쉽게 물러났거든."

"알고 있습니다."

"그럼에도 승낙하다니 대단한 자신감이군."

"저 정도 되면 그런 자신감을 가져도 되지 않겠습니까?"

"흐음, 확실히."

아론의 말이 자만으로 들리지 않는 플람베르 가주였다. 자신보다 더 높은 경지. 고래로 인간이 이룰 수 있는 절대의 경지를 이룬 존재이지 않을까 의심되는 자가 바로 자신의 눈앞에 있는 아론이라는 자다.

'아니, 오히려 이 정도면 겸손한 것이지.'

고개를 끄덕이며 침상에서 일어서는 플람베르 가주. 길버트가 빠르게 그를 부축하려 했지만 플람베르 가주는 그것을 뿌리쳤다.

"아직 안 죽었다."

"누가 죽었다고 그럽니까?"

뚱한 길버트의 말에 미소를 떠올리는 플람베르 가주. 진심으로 자신을 걱정해서 나온 행동임을 알기 때문이다.

"일단 밖으로 나가자꾸나. 저 멍청한 놈들을 해산시켜야 하니까."

"알겠습니다. 근데 회초리도 준비합니까?"

"네 동생들도 이제 머리 다 컸다, 이놈아. 회초리가 통할 성싶으냐?"

"안 통하겠죠."

"아는 놈이 그래?"

"그래도 재미있잖습니까?"

"수하들 앞에서 망신당하는 꼴이?"

"에~ 그건 좀 그러네요."

"쯧, 나이를 어디로 먹은 건지."

"거기서 왜 나이 이야기가 나옵니까?"

"아이고, 알았다."

그러면서 걸음을 옮기는 플람베르 가주. 하지만 자세히 본다면 그는 걷는 것이 아니라 마나를 사용해 허공에 떠서 스치듯이 걸음을 옮기고 있음을 알 수 있었다.

바닥까지 떨어진 체력이 회복되지 않았기에 마나로 대처한 것이다.

덜컥!

언제까지나 열릴 것 같지 않던 가주전의 문이 열렸다.

그에 가주전 앞에 모여 있던 모든 이의 시선이 한곳으로 향했다.

약간의 적막이 흐른 뒤 하얀색 평상복을 입은 이와 그 뒤로 세 명의 인물이 따라 나왔다.

그리고 가장 선두에 있는 사람을 확인한 가병들과 기사들은 즉시 자리에서 일어나 무릎을 꿇었다.

"추웅!"

웅장한 울림이 가주전에 울려 퍼졌다. 오랫동안 와병 중으로 가문에 모습을 드러내지 않던 플람베르 가주. 그는 여전히 플람베르 가문의 신이었다.

"왜 이리 시끄러운 것이더냐?"

그것이 바로 플람베르 가주의 첫마디였다.

"젤루스 플람베르가 가주님을 뵙습니다."

"더펙티오 플람베르가 가주님을 뵙습니다."

"이네르스 플람베르가 가주님을 뵙습니다."

세 아들이 동시에 무릎을 꿇으며 자신의 존재를 알렸다. 이곳은 사적인 자리가 아닌 공적인 자리. 그래서 그들은 아버지라 칭하지 않고 가주라 칭했다. 플람베르 가주는 말없이 그들을 바라봤다.

"무슨 일이더냐?"

그가 물었다.

"대공자께서 무단으로 가주님의 처소를 점유했다 하기에⋯⋯."

"그래서 가병과 기사들을 이끌고 경계하고 있던 것이냐?"

"그, 그렇습니다."

젤루스는 전신을 가늘게 떨며 답했다.

'더 강력해졌다.'

'미친. 이게 어떻게 수년 동안 와병 중에 있던 사람의 기세란 말인가?'

'도대체 어떻게⋯⋯?'

세 아들은 각기 다른 생각을 했다. 그러면서도 힐끔거리며 플람베르 가주를 훔쳐보기를 주저하지 않았다.

"대공자는 본 가주를 치료하기 위함이었다. 또한 그 치료가 성과가 있어 본 가주가 자리를 털고 일어날 수 있었다."

"감축드립니다."

"경하드립니다."

세 아들은 마음에도 없는 말을 내뱉어야만 했다.

"하여 이 자리에서 밝힐 바가 있다."

"무슨……."

"원래는 원로 회의와 가신 회의를 거쳐야 할 것이나 가주의 직권을 발동함이니……."

플람베르 가주의 말에 긴장된 듯 그의 목소리에 집중하는 세 아들과 그들을 따르는 기사와 가병들.

"지금 이 순간부터 길버트 플람베르를 플람베르 가문의 소가주로 임명하며, 그를 플랑드르의 총령에서 직위 해제하고 임페리움 용병대의 대주 아론을 플랑드르의 총령으로 임명한다."

"……!"

너무 놀라 여기 모인 모든 이가 그대로 굳어진 모양새다. 특히 머리를 숙이고 있는 세 아들의 얼굴은 그야말로 흉신악살과 같았으니 플람베르 가문의 발언이 얼마나 충격적인지 알수 있었다.

"어찌 그런……."

더펙티오가 말도 안 된다는 듯이 부지불식간에 불만을 드러냈다.

"가장 큰 이유는 첫째, 오랫동안 지지부진하던 플랑드르 탈환을 단 보름 만에 수복함으로써 그 능력을 보여주었고, 이후 플랑드르를 안정시켜 빠르게 본연의 모습을 갖추게 한 것이다. 그리고 둘째로는 본 가주를 치료했음이다. 혹여 인정하지 않는 자가 있다면 앞으로 나서라."

"……."

하지만 그 누구도 그의 앞으로 나서는 자는 없었다.

"하면 그리 알고 모두 본래의 위치로 돌아가도록 하라."

"명을 받듭니다!"

우렁찬 소리가 들려왔다. 하지만 그들은 아직 움직이지 않았다. 그에 플람베르 가주는 먼저 등을 돌려 가주전으로 들었다.

끼이이익, 탁!

가주전의 문이 닫히고 나서야 가병들과 기사들은 허리를 폈다. 이공자는 한참 동안 멍하니 가주전을 바라보더니 씹어 삼키듯이 입을 열었다.

"돌아간다."

"명!"

이공자가 먼저 돌아가고 삼공자 역시 돌아갔다. 가장 마지막까지 남은 것은 역시 사공자였다.

"으득! 어떻게 된 일인가?"

"확실하지는 않지만 흑염화의 자식들이 모두 사라졌습니다."

"모두 사라져? 그게 가능한 일인가?"

"저 또한 처음 있는 일이라 뭐라 말씀드릴 수가 없습니다."

"허어~ 프롬 경, 그대가 모르고 예측하지 못한 일도 있더란 말인가?"

비꼬는 듯한 질책이다. 하지만 프롬 경의 얼굴은 전혀 변함이 없었다.

"가주전 내부에 간자를 심을 수 없으니 어쩔 수 없는 일이었습니다. 일단 이미 벌어지고 틀어진 일은 생각지 마시고 앞으로의 일을 생각하셔야 합니다."

"앞으로의 일이라… 혹……."

"짐작이 맞습니다. 그들이 준비되었습니다."

"몇이나?"

"5백입니다."

"그런대로 나쁘지 않군. 좋아, 일단 그들을 먼저 들이는 것이 우선이겠지."

"총명하십니다."

"흥! 그렇다고 해서 이번 일을 잊은 것은 아니야."

"이를 말씀입니까?"

"가지."

"명을 따릅니다."

*   *   *

"이럴 수는 없소!"

"뭐가 말이오."

열을 내며 노호성을 토해내는 레이놀즈 2원로의 말에 1원로는 심드렁하게 물었다.

"어찌 소가주를 우리의 동의나 의견도 없이 정한단 말입니까?"

"그건 가주님의 고유 권한이지 않소?"

"그럴 거면 뭣하러 원로원을 두었단 말입니까?"

"이미 결정 난 사항에 대해서 왈가왈부하는 것도 우습지만 소가주를 정하는 데 우리가 간섭하는 것이 오히려 더 월권 행위 아니겠소?"

"하나 그것은 이 원로원을 유명무실하게 하는 행위입니다. 가주가 잘못된 길을 가고 있음에 가문의 원로가 자리만 지키고 있는 것은 잘못된 일입니다."

2원로의 말에 아란테스 7원로 역시 동조하고 나섰다.

1원로를 제외하고 모든 원로가 가주의 독단적인 처사에 불만을 토로하고 있었다. 그에 원로원의 수장이자 원주인 1원로 데이비스 신더가드는 속으로 코웃음을 칠 수밖에 없었다.

'가주께서 와병 중일 때 너희들은 대체 뭘 했단 말이냐? 플랑드르를 수복하기 위해 제안할 때 반대한 너희들은 또 뭐란 말이냐. 이공자와 삼공자 사이를 왔다 갔다 하며 저울질하기 바쁘더니 이제는 자신들이 속한 공자들의 이익을 위해 뛰고 있는 것이더냐?'

정말 웃기지도 않은 행태였다. 하지만 원로원의 원주이자 1원로인 신더가드는 사람 좋은 웃음을 지어 보이며 허허 웃었다.

"정히 불만이면 직접 가서 따져보시지요. 여러 원로들이 함께하시면 가주께서도 무시하지 못할 것입니다."

"원주께서는 너무 사람이 좋아서 탈입니다. 때로는 강단 있게 나서셔야 하는데 말입니다."

"허허허, 성격이 그런 것을 어찌합니까? 마음 같아서는 원주의 자리도 내놓고 싶은데 가주께서 잡고 놓아주시지 않으니, 이거 참."

"하여튼 알겠습니다. 원주께서 가시지 않는다면 우리끼리라도 가주께 다녀와야겠습니다."

"허허, 그러시지요."

"크흠. 그럼."

레이놀즈 2원로가 자리에서 일어나자 나머지 여덟 명의 원로들도 자리에서 일어났다.

그들은 뒤도 돌아보지 않고 원주의 집무실을 나섰는데 신더가드 원주는 그런 그들을 보며 차가운 미소를 떠올렸다.

"자네들은 아직 가주를 모르는군. 아무 생각 없이 그런 말을 내뱉을 사람이 아니라는 것을 말이야. 그러나 재미있게 돌아가는군. 가문에 돌아온 지 겨우 1년도 안 된 대공자를 소가주의 자리에 앉히다니. 그렇다는 것은 그만한 실력이 된다는 말이겠지."

신더가드 원주는 유유자적했다. 하지만 그의 눈동자만은 절대 유유자적하지 않았다. 마치 앞으로 일어날 거대한 폭풍을 예상이라도 하고 있다는 듯 날카롭게 빛나고 있었다.

"끄응. 나도 서서히 준비를 해야겠군. 소가주께서 부르시면 바로 달려갈 수 있도록 말이지. 에구구, 그런데 영 몸이 옛날 같지 않아서 가능할지 모르겠군."

신더가드 원주가 미래를 준비할 동안 아홉 명의 원로들은 아직 몸도 풀지 못한 가주의 병상을 찾았다.

그곳에는 길버트와 아론, 그리고 그레이가 자리를 하고 있었다.

"쾌차하심을 감축드립니다."

먼저 레이놀즈 2원로가 가장 먼저 입을 열었다.

"고맙소. 한데 그 말을 하고자 이곳까지 찾아오신 것은 아닌 것 같소."

예나 지금이나 플람베르 가주는 여전히 변치 않고 직설적이었다. 항상 명분과 예를 중시하지만 자신과 적대적인 자들 앞에서는 명분과 예를 벗어던지고 직설적으로 변하는 플람베르 가주였다.

그리고 그는 신더가드 원주만 오지 않고 나머지 아홉 명의 원로가 온 것에 대해 이미 짐작하고 있었다.

"커흠, 흠, 흠!"

플람베르 가주의 직설적인 물음에 아홉 명의 원로는 헛기침을 해댔다.

"다름이 아니고 말입니다."

"주저 마시고 말씀하세요."

"소가주의 임명 건에 관해서입니다."

"그것은 이미 가주의 직권이라고 말씀드렸을 텐데요."

"물론 그것이 가주님 고유의 권한이라는 것은 압니다. 하나 최소한 저희들과 상의는 했어야 하지 않습니까?"

"상의라… 물론 그래야겠지요. 그런데 말입니다."

아홉 명의 원로는 긴장했다.

"제가 왜 그래야 합니까?"

"예?"

"그건 당연히……."

"원로원이 있는 목적이 무엇입니까?"

"그야……."

"바로 가문이 위기에 처했을 때 구심점을 만들고, 가문을 위해 고생하신 분들을 예우하기 위함입니다. 또한 가주가 엇나가는 것을 방지하기 위함도 있지요."

"바로 그것입니다."

"제가 지금 엇나가고 있다는 것입니까?"

"아니, 그렇다는 것이 아니고……."

"무엇이 엇나가는 것일까요?"

"현재 대공자께서는 가문으로 돌아온 지 1년도 되지 않았고……."

"플랑드르를 그가 수복했습니다."

"그건……."

"원로들께서도 아실 겁니다. 플랑드르는 사실 3년 전부터 칼뤼베이우스 가문이 야금야금 점령해 들어왔었고, 1년 전부터 본격적으로 시작해 반년 만에 한 지역을 제외하고는 모두 무단 점유했음을 말입니다."

"크흠, 그야……."

"그동안 원로들께서는 무엇을 하셨습니까?"

"그건……."

"가문이 어려울 때는 원로들이 나서주셔야 합니다. 한데 원로들께서는 무엇을 하셨습니까?"

"가문의 가병들과 기사들을 안정시키고 나아가……."

"나아가 플랑드르에 가서서 전투는 차치하고라도 위무라도 해본 적 있습니까?"

"……."

할 말이 없었다. 그들은 이공자와 삼공자에게 선을 대고 세력을 확장하기 바빴으니까. 그리고 원로씩이나 되는 사람이 그런 전장에 갈 이유가 없었다. 자신은 가문의 원로이니까.

말이 없는 원로들을 보며 플람베르 가주는 어깨를 으쓱하며 말을 이었다.

"그리고 대공자는 불과 두 달 만에 플랑드르를 안정화시켰습니다. 자격이 있겠습니까, 없겠습니까?"

"하지만……."

여전히 인정하려 들지 않는 원로들. 그런 원로들을 보며 피식 웃어버리는 플람베르 가주. 그가 다시 입을 열었다.

"그리고 가문에서 내놓은 기사들의 모임인 특무대를 6개월 만에 정예 기사로 훌륭하게 훈련시키고 성장시켰습니다. 이것에 대해서는 어떻게 생각하십니까?"

"그건……."

그 또한 할 말이 없었다. 어떻게 그것이 가능했는지 아직도 이해할 수 없기 때문이다. 그러니 변명할 말이 떠오르지 않은 것은 당연했다.

"그것은 인정하겠습니다. 하지만 소가주쯤 되면 뭐니 뭐니 해도 모두를 아우를 수 있는 무력이 있어야만 합니다. 플람베르 가문은 에퀘스의 성역 2좌에 있는 가문이니까요."

마스터 중급에 이른 7원로 필리페 아란테스가 말했다. 사실 소가주에게 가장 중요한 것은 바로 그것인지도 모른다.

기사의 가문에서 휘하의 기사들보다 약한 가주는 그야말로 있을 수 없는, 타 가문에게 웃음거리가 될 수 있기 때문이다.

"실력을 증명해야 한다 이 말이로군요."

"그렇습니다. 플람베르 가문은 기사의 가문이기 때문입니다."

자신 있게 아란테스 7원로가 답했다. 그에 플람베르 가주의 입가가 잘게 떨리며 미묘하게 일그러졌다. 그의 속내는 이러했다.

'뒷방 늙은이들 같으니. 욕심에 눈이 멀어 실력자를 알아보지 못하는구나.'

한편으로는 답답했다.

원로들이 이렇게 썩어갈 동안 자신은 뭘 했는지 말이다. 이 모든 것이 자신의 탓만 같아 한편으로는 쓸쓸하기 그지없었다. 하지만 이대로 둘 수는 없었다. 이들도 이제 정신을 차려야 할 때가 되었다.

"그럼 가주 연무장으로 가시지요."

"지금 말입니까?"

"굳이 미룰 필요가 있겠습니까?"

"그야 뭐……."

"왜요. 미룰까요? 준비가 안 됐습니까?"

교묘하게 원로들의 자존심을 자극하는 플람베르 가주의 말에 원로들의 얼굴이 살짝 달라졌다.

"그렇다면 갑시다. 아, 이럴 게 아니라 이공자와 삼공자도 부르는 것이 어떻습니까?"

"흠, 그것도 괜찮겠군요. 이왕이면 친위대와 화룡각주, 청염각주, 그리고 염화각주까지 청하는 것이 어떻겠습니까?"

"가주께서 원하신다면야."

"그렇게 하도록 합시다. 아, 그리고 레드 드래곤의 대주와 블러드 골렘의 대주 역시 함께 참석시키도록 하겠습니다."

"아. 예."

그냥 간단하게 자신들끼리 검증하려 했다. 하지만 플람베르 가주의 교묘한 수에 의해 플람베르 가문의 전투 조직과 가주

친위대까지 모두 참석하게 되었다.

말이 전투 조직이지 실질적으로 화룡각, 청염각, 그리고 염화각은 모두 가주의 직속 부대와 다르지 않았다.

그리고 동시에 원로들의 머리에 떠오른 것은 단 한 가지였다.

'지면 좆된다.'

검증이라고 하기는 했지만 이것은 승부였다. 플람베르 가주가 자신들을 상대로 말이다.

그들은 긴장한 채 슬쩍 길버트를 바라봤다. 별로 느낌이 없었다. 혹시라도 가주 정도의 수준에 올랐을지도 모를 일이니 주의 깊게 살피는 것이다.

하지만 아무런 느낌이 없었다.

어떻게 보면 그러한 느낌에 더 이상함을 느껴야 할 텐데 이미 욕심에 눈이 먼 원로들은 그것을 가볍게 무시했다. 다만 지금까지 이공자나 삼공자에게 치우치지 않고 중립적으로 활동하고 있던 6원로인 라파엘 세스페데스만이 이상함을 느끼고 있었다.

'너무 침착하다.'

실력이 달린다면 저렇게 침착할 수 없었다.

'뭔가 있다.'

직감적으로 느낄 수 있었다. 너무 침착했기 때문이다. 그러는 사이 가주를 비롯한 원로들이 가주의 개인 연무장에 도착했다. 그런데 전투부대의 각주들과 두 명의 친위대주 모두가 이미 와 있었다.

'이건…….'

그제야 원로들은 지금의 상황이 모두 가주가 계획한 것임을 알 수 있었다.

힐끗 가주를 바라보는 원로들. 가주의 표정은 여전히 알 수 없었다. 그들은 다시 대공자를 바라봤다. 대공자 역시 표정이 없다.

'대체 뭐냐? 뭐길래 이리도 담담한 것이냐.'

원로들은 지금의 상황을 어떻게 해석해야 할지 몰랐다. 플람베르 가주가 다시 입을 열었다.

"한데 플랑드르의 총령으로 용병을 선임했는데 그에 대해서는 별말이 없으십니다?"

"그 또한 해결해야 될 일입니다."

"소개하겠소. 본 가주를 치료해 준 임페리움 용병대의 대장 아론이오."

그제야 원로들은 지금까지 말없이 그들을 따르던 두 인물 중 한 인물의 신상을 들을 수 있었다.

"그 또한 실력을 검증해야겠지요?"

"물론입니다."

"하면 그의 실력을 먼저 보시지요."

플람베르 가주의 말에 그제야 원로들은 웃었다.

'결국 우리의 힘을 빼놓을 속셈이었군. 하나 용병 따위에게 힘을 뺄 우리가 아니지.'

모두 그리 생각했다.

"좋습니다."

그리고 승낙했다.

『용병들의 대지』 5권에 계속…

초대형 24시 만화방

신간 100%, 샤워실, 흡연실, 수면실(침대석), 커플석, 세탁기 완비

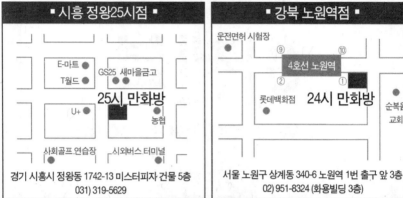

▪ 시흥 정왕25시점 ▪

25시 만화방

경기 시흥시 정왕동 1742-13 미스터피자 건물 5층
031) 319-5629

▪ 강북 노원역점 ▪

24시 만화방

서울 노원구 상계동 340-6 노원역 1번 출구 앞 3층
02) 951-8324 (화용빌딩 3층)

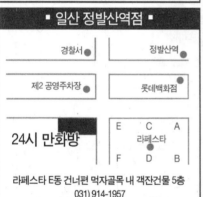

▪ 일산 정발산역점 ▪

24시 만화방

라페스타 E동 건너편 먹자골목 내 객잔건물 5층
031) 914-1957

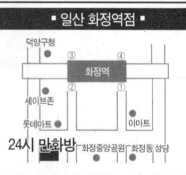

▪ 일산 화정역점 ▪

24시 만화방

경기도 고양시 덕양구 화정동 984번지 서일빌딩 7층
031) 979-4874 (서일사우나 건물 7층)

▪ 부천 역곡역점 ▪

24시 만화방

역곡남부역 기업은행 건물 3층
032) 665-5525

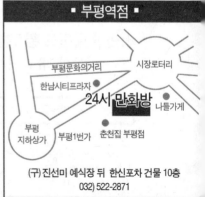

▪ 부평역점 ▪

24시 만화방

(구) 진선미 예식장 뒤 한신포차 건물 10층
032) 522-2871

이경영 판타지 장편소설

FANTASY FRONTIER SPIRIT

그라니트

용들의 땅

GRANITE

사고로 위장된 사건에 의해 동료를 모두 잃고 서로를 만나게 된 '치프'와 '데스디아'.
사건의 이면에 상식을 벗어난 음모가 있음을 알게 된 둘은
동료들의 죽음을 가슴에 새긴 채 각자의 고향으로 돌아간다.
2년 후, 뜻하지 않게 다시 만난 두 사람은 동료들의 복수를 위해
개척용역회사 '그라니트 용역'을 설립해 다시금 그 땅을 찾게 되는데……

용들이 지배하는 땅 그라니트!
그곳에서 펼쳐지는 고대로부터 이어지는 운명적 만남,
깊어지는 오해, 그리고 채워지는 상처.

『가즈 나이트』시리즈 이경영 작가의 미래형 판타지 신작!

Book Publishing CHUNGEORAM

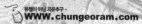

유행이 아닌 자유추구 -
WWW.chungeoram.com

미러클 테이머

인기영 장편소설

FUSION FANTASTIC STORY

MIRACLE TAMER

이계로 떨어져 최강, 최고의 테이머가 되었다.
그러나… 남은 것은 지독한 배신뿐.

배신의 끝에서 루아진은 고향, 지구로 되돌아오게 되는데…….
몬스터가 출몰하기 시작한 지구!
그리고 몬스터를 길들일 수 있는 테이머 루아진!
그 둘의 조합은……?

『미러클 테이머』

바야흐로 시작되는
테이머 루아진과 몬스터들의 알콩달콩한
대파괴의 서사시!!

Book Publishing CHUNGEORAM

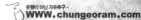 유행이 아닌 자유추구 -
WWW.chungeoram.com

이모탈 퓨전 판타지 소설
FUSION FANTASTIC STORY

용병들의 대지
Road of Mercenaries

이 세계엔 3개의 성역이 존재한다.
기사들의 성역, 에퀘스.
마법사들의 성역, 바벨의 탑.
그리고… 그들의 끊임없는 견제 속에 탄생하지 못한

『용병들의 대지』

전쟁터의 가장 밑을 뒹굴던 하급 용병 아론은
이차원의 자신을 살해하고 최강을 노릴 힘을 가지게 된다.

그의 앞으로 찾아온 새로운 인생!
아론은 전설로만 전해지던
용병들의 대지를 실현시킬 수 있을 것인가!

Book Publishing CHUNGEORAM

유행이후면 자유추구
WWW.chungeoram.com

FUSION FANTASTIC STORY

텀블러 장편소설

현대
천마록

천하를 호령하고, 전 무림을 통합한
일월신교의 교주 천하랑.
사람들은 그를 천마, 혹은 혈마대제라고 불렀다.

『현대 천마록』

무공의 끝은 불로불사가 되는 것이라 생각했지만
그로서도 자연의 섭리 앞에선 어쩔 수 없었다!

'그렇게 많은 피를 흘렸음에도 불구하고
죽을 때가 되니 남는 것이 없군그래.'

거듭된 고련 끝에 천하랑의 영혼이
존재하지 않게 된 그 순간
그의 영혼은 현세에서 천마로서 눈을 뜬다!

Book Publishing CHUNGEORAM

유행이 아닌 자유추구 -
WWW.chungeoram.com

FUSION FANTASTIC STORY

가프 장편소설

시크릿 메즈

SECRET MEZ

−너는 10,000개의 특별한 뉴런을 더하게 되었어.
매직 뉴런, 불멸의 뉴런이지.

실험실 알바를 통해 만난 '6번 뇌'.
우연한 만남은 이강토를 신비의 세계로 이끈다.

『시크릿 메즈』

매직 뉴런을 탑재한 이강토의
정재계를 아우르는 좌충우돌 정의구현!
긴장하라, 당신이 누구든 운명은 이미 그의 손안에 있으니!

"무슨 꿍꿍이가 있는지, 어디 한번 봐볼까?"